诗词里的中国

李煜词传

白凝 / 著

天地出版社 | TIANDI PRESS

诗词里的中国

李煜词传

序

浮生若梦,君心何愁

"国家不幸诗家幸,赋到沧桑句便工。"

这是出自清代赵翼《题遗山诗》中的诗句,他阅尽王朝更迭、诗词兴衰,终于感悟到此番道理。当国家遭遇风霜,江山飘摇不定,诗人便会悲从中来,写下万古情愁。那是诗人切肤之痛的哀鸣和对大势已去的慷慨悲歌,心若沧桑,即便不刻意"求工",诗句也能"自工"了。

诗人,对于国家的腐败、衰落,可以口诛笔伐,可以声讨谩骂,也可以一愤解千愁。然而,对于一代帝王,当"国家不幸"而致使他"诗家幸"时,他又该如何去解开这万古愁?

"四十年来家国,三千里地山河",竟在他手中葬送了。他要口诛笔伐、愤慨谩骂自己吗?他要向南唐百姓无尽忏悔、磕头认罪吗？他做不到，这葬送江山的罪，他赎不了。

生于深宫之中，他的生活充斥着宫廷的繁华与奢靡的享乐。他纯净，却也一度浅薄，心中只有男欢女爱，崇尚悠闲享乐的生活。命运似乎对他格外慷慨，给了他太多馈赠。可惜命运赠予的一切，都早已在暗中标好了价码。

一开始，也以为他德轻志懦，骄奢淫逸，不理朝政，才致使国家没落。后来才知道，他礼敬功臣，善用人才，奖惩分明，面对强宋也并未一味示弱。他"外示畏服，修藩臣之礼，而内实缮甲募兵，潜为战备"，只是，他的权宜之计，固守抵抗的一搏，最终失败了。

此后，世人只见他的诗、他的词，他的愁、他的恨，却不见他在春花秋月中，也曾心忧国事，筹谋策划。不能怪别人误解了他，谁让他写了太多词呢。

他渴望"浪花有意千里雪，桃花无言一队春。一壶酒，一竿身"；他的生活是"晚妆初了明肌雪，春殿嫔娥鱼贯列。笙箫吹断水云间，重按霓裳歌遍彻"；他遇见情人"绣床斜凭娇无那。烂嚼红茸，笑向檀郎唾"。他写下太多骄奢淫逸、活色生香的诗词，这注定要湮没他的政绩，让他背上"不抓政治，终于亡国"的恶名。

人的一生，永远都无法避免苦难。若能在苦难中学到些什么，那便是最珍贵的财富；若沉浸于苦难中无法自拔，则苦难永远只是苦难而已。

苦难中的李煜，对现实有无力感，对众生有慈悲感，对才情有发挥不尽的热情，但是，对于南唐，他尽力了。

没有谁生下来是完美的，人生的烦恼，永远"剪不断，理还乱"。自古以来，一个王朝的缔造者，往往会背上专制、暴虐、严酷的骂名。可是人们也知道，没有极致的手段，也不可能打下万里江山。而对于他，他本不想做帝王，偏偏被推到了王位上。他不是王朝建立者，只手接下南唐的江山，自是保持了享受富贵，崇尚"一壶酒，一竿身"的恶习。

是人便有恶习，平凡百姓，是"逐日奔忙只为饥，才得有食又思衣"（朱载堉《山坡羊·十不足》），而他，也不过是想在打理江山时，做一回风流才子，挣脱开帝王的束缚。

原谅自己容易，原谅别人难。所以，江山葬送后，他"垂泪对宫娥"，他空叹"故国不堪回首月明中"，他悲鸣"问君能有几多愁？恰似一江春水向东流"。他如同失败的普通人般，一句一句地倾诉着，直到那诉苦的哀鸣传到当朝皇帝赵光义的耳朵里。

世人常说，他是好词人，却不是好帝王，是帝王之位耽误了他。但王国维说："词至李后主而眼界始大，感慨遂深，遂变伶工之词而为士大夫之词。"可是，他若不是帝王，若没有灭国的痛苦经历，他也不能"眼界始大，感慨遂深"。可以说，他的诗词的境界，是牺牲了国家换来的。

他目睹了南唐的灭亡，也深知这罪过是忏悔不尽了，如同他笔下的"一江春水"。他只能以泪研开心头血，蘸着深红色的血墨，书写对往昔的怀念、今日的反思、来日的无尽君愁。可惜，他终究没能与自己和解，怀揣满腔愁苦、悔恨与悲伤，却没能化悲愤为力量。

他也说："世事漫随流水，算来一梦浮生。"既然浮生若梦，他的"一江春水"之愁，也总会"漫随流水"而去。

遗憾是人生的必修课，因为曾经得到太多，让他忘记了努力；因为未曾失去，所以不懂珍惜。于是，他的遗憾，没能让他成为一个更好的人。到最后，他的人生落下帷幕，反而成了一种遗憾。

江山不能永固，盛世难得长久。人间许多事，都是须臾即逝，都是注定了的。生而为人，只需做好自己，生而为帝，自是要保住铁血江山。

若为帝王，不能有不得已，只能咬牙撑下去；若为李煜，才敢浮生若梦，只为活得尽兴。无奈，李煜披上黄袍，走向了九五之位。他只能扮演着这个角色，哪怕不适合自己。也许，一开始，他就有愁，已无尽。

目录
CONTENTS

第一章 千古帝王，千古绝唱

生而为帝 / 003

奈何身处牢笼 / 010

快活如侬有几人 / 018

谁能役役尘中累 / 025

第二章 最是深情，最是纵情

逃不掉的繁华 / 035

隐于墨香缭绕中 / 041

情长有尽时 / 048

追思无绝期 / 056

第三章　一解相思，一解寂寞

娶来爱情 / 065

夜长人奈何 / 072

梦回芳草思依依 / 079

执子之手，愿与子老 / 088

第四章　难忘旧情，难舍新欢

永念难消释 / 097

无泪可沾巾 / 104

空有当年旧烟月 / 112

相看无限情 / 119

第五章 不剪相思，不剪离愁

黄泉碧落，人生难全 / 131

何处相思苦 / 137

夜长人不寐 / 142

新愁往恨何穷 / 151

唯有南国最挂怀 / 161

第六章 一片芳心，一片情怀

人间没个安排处 / 171

垂泪哭山河 / 176

剪不断，理还乱，是离愁 / 183

自是人生长恨水长东 / 189

第七章 莫作轻尘,莫负人生

万古到头归一死 / 197

算来一梦浮生 / 204

心事莫将和泪滴 / 209

人无言,新月似当年 / 215

第八章 归于故梦,归于长愁

故国梦重归 / 223

梦里不知身是客 / 229

问君能有几多愁 / 236

往事余几何 / 242

后记 / 249

第一章

千古帝王，千古绝唱

生而为帝

回溯历史，风流自在者，逃不开名士百出的魏晋；热情豪放者，当喜盛世之大唐；婉约细腻之人，眼目自是移不开繁荣独特的宋朝。

"海日生残夜，江春入旧年。"（王湾《次北固山下》）冥冥之中，残夜生红日，旧年有春来，不管谁来书写江山，早已注定了胜负浮沉。盛世大唐如何，残宋的半壁江山又如何，还不是一样在烽火中易了主、换了姓？

流水迢迢送君去，青山隐隐我归来。时过境迁，一切都会变化，只有这大好河山，在群雄割据、烽烟四起时，从未变过。它一直在那里，等着你去争，去抢。然而，这一切的杀伐，都不过是一场游戏。

在这场游戏中，没有谁能留下来。

人们不管，依旧争着，抢着，直到这片河山被分裂为五代十国，还不肯消停。

是赵匡胤终止了分裂的局面,建立了宋朝。但在这战乱纷起的五代十国里,也有一个人从历史中走了出来。

他不以建功立业被写进历史,而以诗词被人称颂。在历史上,南唐旧臣徐铉这样说他:"以厌兵之俗,当用武之世。孔明罕应变之略,不成近功;偃王躬仁义之行,终于亡国。"

这是他的墓志铭,一生终落得亡国的罪名。

他是李煜,一代帝王,千古词人。

李煜的词,存世的只有三十余首。他初期的小词,多反映宫廷生活、男欢女爱,风格绮丽柔靡,摆脱不了花间之气。李煜后期的词,多写亡国之痛,其眼界始大,感慨深邃,意境深远。

冯煦说他的词:"词至南唐,二主作于上,正中和于下,诣微造极,得未曾有。宋初诸家,靡不祖述二主。"

说起二主,便可以得知,李煜词之好,离不开他的父亲李璟。

李璟(916—961),南唐元宗,初名景通,更名瑶,又名景,字伯玉。他是南唐烈祖李昪的长子,五代十国时期南唐第二位皇帝。

南唐开国皇帝李昪身世坎坷,因赶上唐末之乱,父亲李荣不知所终,李昪年少时便成了漂泊无依的孤儿。杨行密攻打濠州时偶遇李昪,觉得他容貌奇特,收其为养子。然而杨行密的亲生儿子们容不下李昪,杨行密无奈,只得恳请徐温同意,让李昪冠以

"徐"姓,改名"知诰"。

此后,李昪的命运被改写,跟着徐温在军营中一路升迁,直到朝中大权落入徐温父子手中。而李昪因战绩显赫,受到多方夸赞。当徐温老去,深谙尔虞我诈、阴谋诡计之道的李昪有了夺权的野心。

李昪在苦难中长大,李璟在宠爱里享尽了富贵荣华。因为富贵,因为贪图享乐,便注定了要在风雨中飘摇。

李昪登帝后,广揽天下名士,搜集大量文献史书,大肆兴立教坊,使得儿子李璟饱读诗书,成为经、史、子、集,以及古今书画,无所不通之人。

李璟喜欢读书,深爱诗词经文,与父亲李昪是完全相反的人。李昪深知战争会带来内耗,遂与邻国休兵停战,又与契丹交好,发展内政,以使百姓安居乐业。然而,南唐基业未稳,李昪便去世了。李璟继位后,开始大规模用兵,用三年时间消灭了闽国,又花了三年时间,清除闽国残余。

伐闽之战,南唐元气大伤。然而保大九年(951年),南楚发生内乱,李璟又趁机进攻南楚,南楚灭亡。

闽楚二国灭国后,南唐疆土得到拓展,也成了十国中疆域最为辽阔的国家。

在一次次开疆拓土中,李璟的傲慢也在扩张着。他坚信自己并非平庸之辈,纵是深谙政治、懂得用兵之道的父皇,也没有取得他这般成绩。

战争的胜利，疆域的扩张，让李璟安于现状。他开始吟诗诵词，醉心书法，沉溺于奢淫无度中。

富贵，使人沉溺；荒淫，令人昏沉。李璟坐在龙椅上，再无政治抱负。一时间，朝廷上下，乃至民间百姓也都醉心于诗书中。

李璟一手创造的"鼎盛"南唐，并未给他带来快乐。他的沉溺，他的不能自拔，让他明知南唐如一颗摇摇欲坠的卵石，却无可奈何。

菡萏香销翠叶残，西风愁起绿波间。还与韶光共憔悴，不堪看。
细雨梦回鸡塞远，小楼吹彻玉笙寒。多少泪珠何限恨，倚阑干。

——李璟《摊破浣溪沙》

这是一首写秋景的词。

荷花落尽，香气消散，荷叶凋零，令他愁，使他忧。正如他手中的江山，韶光不再，他再不堪看。

曾经的一切，好似做了一场梦。在梦中，塞外的风物邈远，寒笙呜咽之声一直盘旋于他的耳边，在小楼中回荡不散。

旧梦、旧事、故人，他不能想，一想起只能倚栏落泪，惹来幽怨。

一句"细雨梦回鸡塞远,小楼吹彻玉笙寒",奠定了李璟在小词界的地位。这两句亦远亦近,亦虚亦实,亦声亦情,成为千古流传的名句。

他的"多少泪珠""何限恨""倚阑干",不知不觉中影响着他的儿子李煜。

李璟有烈祖李昇为榜样,纵是奢靡无度,仍在耳濡目染中期望在政治上有所建树。当李璟沉溺于奢靡的沼泽,又醉心于诗词书法时,他的言传身教又怎能不叫李煜如数照搬?

李煜如李璟一样,醉心于诗词,且越陷越深。

李煜,李璟第六子,原名从嘉,字重光。后依"日以煜乎昼,月以煜乎夜"之意,改名为李煜。据陆游的《南唐书》中所载:"后主名煜,字重光,元宗第六子,初名从嘉。母曰光穆皇后钟氏。从嘉广颡丰颊骈齿,一目重瞳子。"

一句"广颡丰颊骈齿,一目重瞳子",让他成了天生具有帝王之相的男人。据说,李煜出生时,霞光满天,龙腾于顶,经久不离。所以,李煜从出生那一刻起,便注定了这一生的命运。毕竟,在历史上,重瞳之人仅有四位:仓颉、虞舜、项羽、李煜。

后世的人,"可怜他生在帝王家"。但凡是生于帝王之家的男人和女人,哪一个的人生是平坦的、无憾的?

若说可怜,那城墙内的人皆可怜。若说身不由己,这世间的人也没有谁完全痛快自在。每个人都活在无形的牢笼中,也都有

"多少泪珠何限恨,倚阑干"的时刻。

这世间人,大多有屏蔽外事的能力。许多事,非要等到大难临头、风云剧变时,才猛然发现,原来一切并非自己所想的那样。

宫门城墙外,依旧狼烟四起,杀伐不绝。宫殿里,歌舞升平、欢歌笑语,那一次次的饮宴赋诗,奏乐弹唱之声,掩盖了金戈铁甲、士兵吹着号角赶来的声音。

盛世的假象,如同一件华美的袍,遮着帝王的眼睛,蒙着臣子有报国之志的心。好像,一切只要不想、不管、不理,便会不存在。

不能说李璟完全不理,否则他不会忧春悲秋。只是,他想在富贵的温柔乡里再多享受片刻……这一个片刻,组合成了无数个片刻,而这无数个片刻,湮没了李璟。同时,也湮没了李煜。

李煜出生这一年,吴国废而南唐建立,李昪走向了九五之位,代吴称帝建国,定都金陵,国号"齐"。

生而为帝的人降生,真是值得天下庆贺的大事啊。李昪见到这位小皇孙,自是喜不自胜,也让李家人自然而然地认为,南唐可以长久。

也可以说,李煜的帝王之相像是一颗定心丸。只要他坐在那里,就好像面前坐着大好江山。

或许正是因为李煜太过特殊,他才以为自己与众不同,纵是无所建树，也仍可保住这大好河山吧。

公元937年，李昪登基。

当年农历七月初七，李煜出生。

七夕，牛郎与织女相会的日子。相聚，总归是好的，可分别了一年的情人，在这一天也自是要一诉衷肠，流干相思之泪的。

这或许就是命运吧。

九五之位总归是好的，可坐在这个位子上，却也有着太多的无奈与挣扎。此后，李煜像年久未见的情人，对世人大诉情爱的绵长，帝王的无限愁情。

赵光义曾问南唐旧臣潘慎修："李煜果然是懦弱无能之辈吗？"

潘慎修回："如若他果真无能无识，何能守国十余年？"旧臣徐铉不也说，纵是孔明在世，也难保社稷吗？

李煜既已躬行仁义，虽亡国又有何愧？

心虽无愧，可他是天生的帝王，怎么就败了呢？

奈何身处牢笼

父亲对诗词的痴迷,以及自己降生之日特有的悲情色彩,融入了李煜的血液之中。农历七月初七,一年一度的乞巧节,李煜一生的命数就此注定。这一天,是牛郎与织女在鹊桥相会的日子,所有的喜气被这一对一年只见一面的夫妻尽数带到天上。于是,民间百姓认为,这一日是人间最不吉利的日子。

李煜就出生在这样一个不吉利的日子里。从落地的那一刻起,他的重瞳便惊讶了宫廷。一目双瞳,让刚出生的李煜背负上传奇色彩,也让他此后多年饱受猜疑。

但对于这个孙儿,李昪给予了厚望,更认为他是上天赐予自己家族的祥瑞。或许是李煜的降生给了李昪称帝的勇气,于是便有了后来的南唐。

那时的李煜,还叫李从嘉,那是父亲为他取的名字,取"美、善"之意。李从嘉的个性,真的如父亲期望的那样,从不与人争抢。可惜命运偏偏要将他从未期许的名利硬塞进他手中，他无力反抗。生于帝王家，有时候更像是身处一座华丽的囚笼。

在不可逃脱的宿命中，李从嘉懵懂着成长。升元七年（943年），李昪驾崩，那是李从嘉短短六年人生中第一次经历死别，他甚至还来不及理解死亡的意义，只是在大人们响彻天地的恸哭声中流下了懵懂的泪水。

李昪生前虽将李从嘉的降生视为祥瑞，却并未给予这个孙儿格外的关注。他将晚年的大部分精力都投入到了国政与炼制丹药之中。似乎大部分帝王都对长生不老有着执念，唯有一颗颗黑得发亮的丹药能帮他们圆一个不死的梦，仿佛只要不死，就能亲眼见证属于他们的江山万年永固。

因此，李从嘉对祖父李昪并没有太深的印象，那一场短暂的眼泪流过之后，他又在一片山呼万岁中，见证了父亲登上皇位。

登上皇位之前的李璟，还叫李景通，据说早在三年前，李昪一日午睡入梦，一条金色的巨龙飞入梦中的大殿，这是天降的祥瑞。李昪醒来立刻派人前往大殿查看，李景通此时正驻足大殿中，对着雕梁画栋的大殿凝神仰望。于是，李昪认为这就是上天的启示，身为长子的李景通顺理成章成了皇储。

如果人生可以选择，李从嘉宁愿父亲没有成为皇帝，若是如此，他便不必戴上那黄金打造的枷锁，能够一生安逸，与诗词和爱人相伴，沉溺于属于他的岁月静好之中。

这个世界上，并非人人都像李从嘉那样淡然，他的哥哥，身为嫡长子的李弘冀便对皇权觊觎已久。李弘冀的确是个天生的将相之才，只可惜为人狠辣，虽有才，却无德。李璟早已看透这一点，即位之后，并未将李弘冀立为太子，反而将弟弟李景遂封为皇太弟。

李璟欣赏李景遂生性淡泊，一身文人气质，李璟认为，只有这样的人，才能宽仁待下，守住李家好不容易创立的基业。可就算李景遂不爱皇权争斗，李弘冀却为了皇权，无数次与叔叔明争暗斗，李景遂为此多次向李璟请辞，建议将李弘冀立为太子。可李璟偏偏不肯，若李景遂执意不肯接受皇位，他宁愿将皇位传给次子李弘茂，或者六子李从嘉。

李弘茂自幼聪慧，与父亲一样精通骑射与词律，曾写下"半窗月在犹煎药，几夜灯闲不照书"这般佳句。只可惜他英年早夭，这成了李璟余生最大的惋惜与悲痛。就在此时，同样饱读诗书、精通诗律的李从嘉以翩翩之姿走入了父亲的视野。

那一年，李从嘉十五岁，看着他埋头于诗书中的样子，李璟不禁回忆起自己的十五岁。那时的李璟，也是一个吟诵着"苍苔迷古道，红叶乱朝霞"的翩翩少年，那样绝美的诗句出自他手，曾吸引了一众深谙诗律的文臣与他为伍。这其中，与李璟关系最为亲密的便是冯延巳。

冯延巳是李昪亲自为李璟挑选的重臣，当年李璟担任元帅，冯延巳便任元帅府掌书记。李璟登基之后，便将冯延巳提拔为翰林学士承旨。保大四年（946年），冯延巳已官居宰相。

不得不承认，冯延巳在填词方面自成一格，他的词唯美曼妙，极受李璟欣赏。少年时的李从嘉不止一次从父亲口中听到对冯延巳词作的赞扬，以至于李从嘉的词风也或多或少受到冯延巳的影响。

曾经，李璟填了一首词：

一钩初月临妆镜，蝉鬓凤钗慵不整。重帘静，层楼迥，惆怅落花风不定。

柳堤芳草径，梦断辘轳金井。昨夜更阑酒醒，春愁过却病。

——李璟《应天长》

彼时的南唐正受后周胁迫，处境艰难，李璟将一腔惆怅寄托于词中伤春伤别的思妇身上。都说"女为悦己者容"，女子若晨起对镜无心梳洗，懒于装扮，该是何等惆怅？花落即为春去，是万般美好凋零之景，一地落花，便似一颗无依的心。

可李璟毕竟不是一个思妇，更有属于帝王的开阔心境，下阕词锋一转,便开始回忆过去美好的时光。只可惜,那些与朋友携手行于芳草香径之间的回忆,终究是"梦断"了。伤离别,多少恨。酒醒过后,更觉四周凄冷。

清代陈廷焯曾在《云韶集》中评价:"'风不定'三字中,有多少愁怨,不禁触目伤心也。结笔凄婉,元人小曲有此凄凉,无此温婉。古人所以为高。"

然而,当李璟兴致勃勃地将这首词拿来与冯延巳切磋时,冯延巳却无论如何不敢评价。无奈,李璟只得拿出自己填的另一首词:

玉砌花光锦绣明,朱扉长日镇长扃。夜寒不去梦难成,炉香烟冷自亭亭。

辽阳月,秣陵砧,不传消息但传情。黄金台下忽然惊,征人归日二毛生。

——李璟《望远行》

同是闺怨词,这一首又与上一首不同。词中女子紧掩朱门,无心欣赏明媚春景。白日如此百无聊赖,到了夜晚思念更甚,长夜漫漫,不停思量,直到天光蒙蒙,这才无奈睡去。

有人说,那一句"炉香烟冷自亭亭",像极了王维的"大漠孤烟直",冰冷的青烟,哪懂人心绪的烦乱;而那句"辽阳月,秣陵砧，不传消息但传情"，则堪称李璟的神来之笔。男子在辽阳出征，女子在秣陵捣衣，唯有月亮无声地传递着两人的思念，待到重逢那一日，或许已是鬓发斑白了吧？

对于李璟的这两首词，冯延巳真的是心悦诚服，他宁愿接受惩罚，也不敢妄加点评。于是，他只好罚词一首，这便有了那首著名的《谒金门》。其中，最著名的便是开头那——"风乍起，吹皱一池春水"。

李璟被冯延巳的文采深深折服，嘴上却忍不住打趣："风乍起，吹皱一池春水，干卿何事？"从此，这一句"吹皱一池春水"便成为典故，被后人引申为"关你何事"之意。

在李璟统治南唐的后半程，文学的地位甚至凌驾于政治之上，南唐亡国的隐患就此埋下。世人总是感叹李煜是"薄命君王"，却不知从他父亲李璟那一辈起，就已经将政治湮没于风花雪月之中，没能为他构建起稳固的江山。

冯延巳的确是个出色的词人，却并非治国贤能，他的政治才能完全匹配不上他的官位。他因为才华与皇帝的宠爱而眼高于顶，甚至曾经公开嘲讽开国老臣孙晟："尔有何能？竟然官居丞郎！"

这番嘲讽，其实最应该送给冯延巳自己。幸而孙晟并未在朝堂上忍气吞声，而是当场回击："吾乃山东一介安分守己之书生，论鸿笔藻丽，十生不及君；论诙谐歌酒，百生不及君；论诌媚险诈，累世不及君。吾虽无能，可于国于民无害；尔有能，却足以祸国殃民。"

朝中官员大多遭受过冯延巳的打压，此番回击简直道出了无数人的心声。可惜，李璟对这些臣子的怨愤之词充耳不闻。

李璟除了宠信冯延巳，同样还宠信魏岑、陈觉、查文徽、冯延鲁。这五人联手打压朝中贤臣，被朝臣称为"五鬼"。在五鬼的怂恿下，李璟越发无心政治，只重享乐。在李璟心中，无人比得上五鬼的"贤能"，他以为五鬼能将政治融入诗词之中，却不知他们口中的政治不过是一派胡言。

并不稳固的南唐江山，便被这样一群蛀虫蛀出一个个巨大的孔洞。可惜李璟却莫名地自信，且有着大部分帝王共同的志向——一统天下！

于是，在五鬼的怂恿下，李璟开始伺机发动战争，邻国闽国的内战，让他嗅到了一丝国土扩张的气息。保大二年至五年（944—947年），闽国王氏兄弟因争夺君位而内讧，闽国百姓的生活朝不保夕。趁此机会，五鬼大力怂恿李璟向闽国出兵。

闽国百姓本以为迎来了改天换地的好日子，主动为南唐士兵开路，却不承想，等待他们的是更恐怖的暴行。保大四年（946年），闽国建州被南唐攻破，闽天德帝王延政被俘，押赴金陵之后，被李璟随意封了个空衔，便被送往饶州软禁。

沉浸于胜利喜悦中的李璟无论如何也想不到，多年以后，他对王延政所做的一切，都将"反噬"在他的儿子李从嘉身上，南唐王朝的命运也将如同闽国，被另一个兴起的朝代更替。

快活如侬有几人

李璟吞并闽国的那一年,李从嘉不满十岁,尚不知政治为何物。在李从嘉的血液里,流淌着父亲李璟喜爱诗词的基因,与冰冷的政治相比,他更爱缭绕于诗词间的墨香。

这一边,李从嘉沉醉于诗词间的风雅,那一边,南唐将士开始了对建州百姓的烧杀抢掠。那些曾经为南唐将士开路的百姓,这才惊觉自己开门迎来的是怎样一群饿狼,可惜他们还来不及后悔,便带着惊恐的神情,被践踏于南唐军队的铁蹄之下。

于是,无边无际的恨,从闽国百姓心底蔓延开来,抵抗南唐的情绪,也渐渐蔓延在那些向南唐投降的官员之间。在南唐朝廷,闽国降将地位极低,处处遭受排挤,可惜他们势单力孤,除了在心底默默怨恨,暂时还积蓄不出反抗的力量。

没过多久,闽国几乎被南唐尽数收入囊中,唯有福州没能被攻破,却也只能沦为一座孤城。镇守福州的将领是李仁达,他率领手下军队誓死抵抗,绝不投降。为了尽快吞并闽国,李璟试图对李仁达采取怀柔政策，时任南唐枢密使的陈觉毛遂自荐，表示愿意承担劝降李仁达的使命。

李璟大喜过望，立刻任命陈觉为宣谕使，同时任命冯延巳的异母弟弟冯延鲁为监军使，两人率领一支军队，浩浩荡荡奔赴福州。

从一开始，李璟便信错了人。监军使的头衔似乎给了冯延鲁莫大的荣耀，在李仁达面前，冯延鲁端起高高在上的姿态，言语极尽侮辱，整个过程不似劝降，倒更像是威胁。

身为铁骨铮铮的军人，李仁达哪容许自己和国家遭受如此屈辱？冯延鲁的这一次劝降注定是失败的，恼羞成怒之下，他和陈觉二人将李仁达编造成狂妄自大的小人，极力在李璟面前反复强调自己已经苦口婆心劝降，又极力渲染李仁达对南唐的藐视之意。

他们成功地点燃了李璟的怒火，劝降不成，便要强攻。眼看南唐大军即将兵临城下，孤立无援的李仁达只得向与福州相隔甚远的吴越国求助。

吴越国君钱弘佐深谙远交近攻的道理，福州与吴越国虽不接壤，但一旦南唐攻下福州，将闽国尽数吞并，那下一个遭殃的很可能就是吴越国。于是，钱弘佐派出一支陆军和一支水军，兵分两路，援助福州。

一路过来的胜利已经冲昏了南唐将士的头脑，福州早已被他们视作囊中之物，却不承想，他们之前对闽国百姓所做的种种恶行早已激起福州军民的愤慨。背水一战之下，福州守城将士在吴越国军队的协助下，竟然大败南唐军队。

一场猝不及防的惨败，成功地挫掉了南唐军队的锐气，李璟也渐渐意识到，南唐的财力、人力以及物力，都在这一时期的战争中消耗了。然而，没能一统天下，他终究是意难平。保大九年（951年），楚国发生内乱，李璟不甘于休养生息，再一次对楚国土地生起觊觎之心。

几年前的一场惨败，让南唐军队元气大伤，尚未彻底恢复，李璟又急不可耐地派出军队攻打楚国潭州和岳州。这一次的胜利似乎来得格外容易，五岭以北楚国所辖各州统统被南唐吞吃入腹，然而南唐却无论如何也消化不下。

两国之间一旦发起战争，两个国家的军民自然便成为仇敌，即便无奈投降，战败一方依然在心底埋下仇恨的火种。楚国降将在南唐与闽国降将有着相似的境遇，同样遭受排挤，同样处处被打压。两股仇恨的力量找到了共同的敌对目标，渐渐积蓄起颠覆天地的力量。

就在南唐沉浸于吞并楚国的喜悦中时，南汉毫无征兆地向桂州发兵，并将其攻占。毫无防备的南唐军队溃不成军，更可怕的是，闽国与楚国的降将也趁机反戈一击，将南唐刚刚握在手心却还来不及焐热的潭州以及岭北大片土地夺走，宣告独立。

于南唐而言，楚国就似水中月，镜中花，拼命想要占有，到头来却只剩一场空。这场侵略落了个可笑的结局，南唐的国库还为此空虚。

十五岁的李从嘉并不理解父亲为何如此觊觎别国的土地，他只愿沉醉于诗词之中，无论外界如何纷扰，他的内心始终不曾为政治和战争掀起一丝波澜。对他来说，书山墨海自有广阔天地，任其遨游。

不过，哥哥李弘冀落在他身上的嫉妒目光，他并不是毫无察觉。尽管李从嘉天性与世无争，却无法阻止那一目重瞳为他惹来的是非。于是，他只能尽可能地逃离，尽可能地表现出对皇权毫无兴趣。

浪花有意千里雪，桃花无言一队春。一壶酒，一竿身，快活如侬有几人？

——李煜《渔父》其一

一棹春风一叶舟，一纶茧缕一轻钩。花满渚，酒满瓯，万顷波中得自由。

——李煜《渔父》其二

这是李从嘉的两首题画词，《春江钓叟图》中画的是渔翁，李从嘉却仿佛置身画中，化身渔父，荡波江上，长钩垂钓，惬意快活。

其实，填这两首词，是李从嘉在隐晦地表明自己无意皇权，避免哥哥李弘冀对自己的猜忌。他已开始看清现实的残酷，华丽的皇宫在他心中远比不上广阔的山野，他甚至想要纵情于山水之间，成为一名隐士，那该是何等逍遥自在！

李从嘉极少在诗词中将自己的情绪表达得如此直白，仿佛要将自己的一颗心捧给李弘冀看一看，让哥哥知道自己多羡慕画中渔父自由自在的人生。于是，"浪花有意千里雪"，开篇便呈现出万顷波涛，让人一下子便进入自由自在的山水之间。这一开篇那样美好，从此惊艳了世人。

画中的江上，千里浪花翻滚如雪，在欢快地拍打着小船；江岸两边的桃树和李树整齐列队，竞相绽放着。花朵无声，却足以让世人知道，春天已经绚烂地来了。而画中的渔父是那样轻便的一身装扮，身上挂着一壶老酒，手中握着一支竹竿，仿佛世间万物都与他无关。如他这般自由潇洒之人，这世上恐怕是少有了。

人生若得自由，便是最大的快活，那些华丽的宫殿，绚烂的绸缎，璀璨的金玉珠宝，都不如一只满满的酒壶让人满足。万顷波涛之中，渔父那样恣意轻松，那是李从嘉做梦都想要的人生。宫廷之中禁锢太多，皇子的身份便是沉重的枷锁，他只觉得压抑和痛苦，对于山水之间自由自在的生活便越发渴望。

他眼中的渔父是潇洒而又浪漫的，随意撑一艘船，喝一口老酒，鱼竿轻挑，便收获一尾活蹦乱跳的鲜鱼。有了自由，还要皇权何用？

此刻的李从嘉，满身绫罗锦缎，满桌珍馐佳肴，却从不曾感受过自在。让他更不能忍受的，是亲人之间的钩心斗角，这是他生命不可承受之重。于是，他只得躲进诗词的天地间，为自己的精神寻找一份归属。也只有在这里，他才是自由的。

少年李从嘉，时常模仿着父亲和冯延巳的格调写诗填词，耳濡目染之下，他的诗词也渐渐呈现出轻柔感，那是独属于少年李从嘉的风格。

风情渐老见春羞，到处消魂感旧游。
多谢长条似相识，强垂烟态拂人头。

——李煜《赐宫人庆奴》

这首诗是李从嘉写给宫女庆奴的，字字句句都采用了庆奴的口吻。李从嘉虽是皇子，却也是和善的少年，身边的宫人都愿意与他亲近，甚至愿意向他倾吐心事，宫女庆奴便是如此。她已是一名年长的宫女，时常伤感自己青春不再，容颜老去，就连看见明丽的春色，都自惭形秽。

庆奴也曾有过青春明丽的时刻，年少时的她，也曾与情郎携手游玩，如今形单影只，故地重游，触景生情，只剩感叹。美丽的容颜与美好的爱情，统统离她远去了，唯有旧地的柳枝似乎还认识她，勉强垂下柳条，算是与她打了招呼。

这或许是宫女庆奴的讲述，李从嘉却能与她共情。虽然身为男子，李从嘉却深深懂得女子韶华已去之痛，这首诗，便是他能给予庆奴的最大安慰。然而，又有谁能懂得他身处皇权争斗中的无奈呢？

谁能役役尘中累

宫廷外的山水，是李从嘉心中的桃花源。缭绕在身边的皇权争斗似一场噩梦挥之不去，李从嘉只想做一名隐者，于尘世中逍遥余生。

庆奴并不是唯一被李从嘉赐诗的宫女，李从嘉偶尔也会觉得，自己与那些生活在皇宫最底层的宫女有相似的遭遇——身处宫廷，身不由己，纵然心中有爱，更多的却是无奈。

> 樱花落尽阶前月，象床愁倚熏笼。远似去年今日恨还同。
> 双鬟不整云憔悴，泪沾红抹胸。何处相思苦，纱窗醉梦中。
>
> ——李煜《谢新恩》

这是李从嘉代宫中女子填的闺怨词，或许又是一个旧恨新愁堆砌起来的凄凉故事。词的开篇，便勾勒出一幅凄冷孤寂的画卷：樱树枝头已不见红蕊，娇嫩的花瓣已悉数落在阶上，被清冷的月光一照，越发凄凉。就连枝头的一抹春色都不肯多陪伴一下闺中那名孤寂的女子。春日已逝，女子的韶华也终将不复。女子满心的愁绪无人抚慰，满地落花，更添愁思，怎能不让人伤怀？一个"远"字，道出了女子忧愁的源头，"去年今日"的别离，如今想来却如前世般遥远。去年今日是新愁，今年今日却是新愁旧恨都在心头，说是"恨还同"，其实大有不同，今年的愁与恨，更深、更切。

这又是一个失去了悦己者的女子，容颜不整，发髻凌乱，足以映衬出她被相思折磨得无比愁苦的心境。相思无药可解，越想越痛，两行清泪凝聚着万般愁绪，沾湿了红抹胸。人都说，一醉便能解千愁，这不过是无可奈何之下的自我欺骗罢了，"纱窗醉梦中"，或许会与他相见吧？可梦终究会醒，梦醒成空，是否会平添更多愁怨呢？

曾经的李从嘉，以为只要在诗词中吟诵自己的与世无争，便能远离皇权争斗的纠葛。可是他忘记了，一目重瞳，传说中的帝王之相，注定是他此生无法摆脱的负累。

李从嘉的哥哥李弘冀不仅觊觎皇位，还是个在军事上颇有造诣的人。或许，如果李弘冀成为南唐的皇帝，南唐的历史就能被改写吧。然而历史没有如果，南唐的皇权，最终还是落在了一心只爱诗词的李从嘉手中。他的父亲李璟，因为只懂吟诗弄月，安于现状，让南唐一步步陷入危机之中。而他也注定无法成为一名成功的皇帝。

　　保大十三年（955年），南唐表面上的锦绣太平被一场突如其来的战争碾碎。周世宗柴荣向南唐发动进攻，他的野心和李璟一样，都幻想一统天下，南唐被他选定为通往成功之路的第一站，也是最重要的一站。

　　对于任何一个渴望一统天下的君王来说，南唐都是一块势在必得的沃土。那里富庶繁华，却军备松散。连年的征战几乎耗空了南唐的国库，经历过惨败的将士们对于战争有着深深的疲倦，而本应指挥军民休养生息的国君李璟却只顾着醉生梦死，直到周军即将兵临城下，李璟才忙不迭地开始部署反击。

　　在李璟的部署下，神武统军刘彦贞率领两万精兵增援寿州，誓要守住这块淮西重地。只可惜，他们的对手太过强大，担任后周殿前都虞候的，便是后来建立北宋王朝的赵匡胤。在这场战争中，赵匡胤战功赫赫，将南唐军队打得溃不成军。无奈之下，李璟只得派出使臣，向后周求和。

　　不承想，周世宗柴荣开出的和谈条件，竟然是让李璟拱手奉上江北的全部土地。这是李璟无法接受的条件，他严词拒绝了，与此同时，他任命齐王李景达为元帅，继续与后周开战。

　　战争的硝烟，没能引起十九岁的李从嘉任何关注。除了忙着写诗填词，他又爱上了狩猎。李从嘉的世界似乎永远弥漫着软玉温香，并不知道战场上是怎样一番惨烈的景象。

周世宗柴荣亲自率领军队进入淮甸，他的最终目标，就是夺下南唐的都城金陵。与此同时，吴越国也开始对南唐虎视眈眈。

此时的南唐，迫切需要的不是舞文弄墨的风月之士，而是有着真正军事才能的将才。李弘冀在军事方面的才能终于凸显出来。他亲自率兵上阵，在战场上所向披靡，朝中原本在皇权争斗中倾向李景遂的一些人，渐渐开始倾向李弘冀。

当后周军队占领了广陵，吴越国也趁机入侵常州，身为燕王的李弘冀当时正驻守润州，战争形势十分危急。李璟虽不愿将皇位传给李弘冀，却也担心儿子的安危，立刻下诏令李弘冀返回金陵。

身为主将的李弘冀无论如何不肯临阵逃脱，他深知如果军心因此涣散，后果不堪设想。李弘冀年纪虽轻，却担得起主将的责任，他发誓要与众将士共同驻守润州。

李弘冀的此番举动大大地鼓舞了军队士气，同时他在调兵遣将与慧眼识人方面的能力也让军中将士们对这个年轻的皇子刮目相看。李弘冀得知都虞候柴克宏英勇善战，便以自己的性命做担保，将柴克宏提拔为敌前主将。柴克宏果然能当大任，在战场上英勇奋战，不仅稳定了润州的局势，还率领军队解了常州之围，大破吴越军队，俘虏了十几个吴越将领。

然而，李弘冀的心狠手辣，也在这场战役过后显露了出来。

为了震慑敌军，他将全部俘虏悉数杀死。这一举动惹怒了李璟，他觉得李弘冀的做法太过残忍，并且可能会激怒敌军，招来更大规模的报复。

可是朝中支持李弘冀的官员越来越多，甚至有人表示，如果不立李弘冀为太子，难以安定军心。

李景遂本就对"皇太弟"这个头衔有着深深的畏惧，他只想安定过好一生，而这个头衔让他十几年来没有过过一天安生日子。趁此机会，李景遂再次上书请辞，恳请李璟准许他回到自己的封地，无论李璟如何挽留，李景遂执意不肯继续留在东宫。

交泰元年（958年），李弘冀如愿以偿坐上了太子之位，李景遂则被李璟改封为晋王、天策上将、江南西道兵马元帅、洪州大都督、太尉、尚书令，启程回自己的封地。

然而，就在回封地的路上，李景遂突然中毒身亡。李璟得知这一噩耗，除了震惊，更是陷入深深的自责，他后悔自己让李景遂离开，给了别人杀死李景遂的机会。并且，李璟知道，那个"别人"，就是他的儿子，刚刚成为南唐太子的李弘冀。

虽然李景遂主动请辞，但李弘冀知道，自己并不讨父亲欢心，只要李景遂活着一天，自己在太子之位上就坐不安稳。唯一能让他安心的，就是让李景遂永远从这个世界消失。当李弘冀得知都押衙袁从范的儿子被李景遂杀死，他便买通了袁从范，在李景遂的饮食中下了毒。

除掉了叔叔李景遂,能威胁到李弘冀太子之位的就只剩下了弟弟李从嘉一个。李从嘉知道,自己的一目重瞳已经成为哥哥的一块心病,可这是与生俱来的容貌,他也感到无奈。

残莺何事不知秋,横过幽林尚独游。
老舌百般倾耳听,深黄一点入烟流。
栖迟背世同悲鲁,浏亮如笙碎在缑。
莫更留连好归去,露华凄冷蓼花愁。

——李煜《秋莺》

李从嘉觉得自己和哥哥李弘冀本应是最亲的人,却因为横亘在兄弟二人中间的皇权,而变得形同陌路。李从嘉原本是个重感情的人,可是为了不让自己成为第二个李景遂,他不得不借用残莺的孤寂与凄凉来表达自己对隐居生活的向往。

李从嘉喜欢陶渊明,羡慕他可以"采菊东篱下,悠然见南山"。可惜,他终究无法成为一名真正的隐士,只能为自己取了诸如钟山隐士、钟峰隐居、莲峰居士等一堆隐者的名字,来表明自己对隐居山林的渴望,也是以此向李弘冀表明,自己无心争夺皇权。

山舍初成病乍轻,杖藜巾褐称闲情。

炉开小火深回暖,沟引新流几曲声。

暂约彭涓安朽质,终期宗远问无生。

谁能役役尘中累,贪合鱼龙构强名。

——李煜《病起题山舍壁》

这首《病起题山舍壁》所表达的含义,像极了那两首《渔父》。李从嘉是在借诗表明自己只愿默默隐居,将这首诗题在山壁之上,就是希望有更多猜忌他的人能看到,明白他真的不关心政治。

诗中所说的"病",并非真的病,只是烦恼的代称。李从嘉特意引申了王维的"悠然策藜杖,归向桃花源",来表明自己不愿穿龙袍,只甘心做一个普通人,希望能隐居山舍,跳出红尘烦恼世界。

叔叔李景遂的离奇死亡,更让李从嘉看清,人的寿命无论长短,都只不过是暂时的寄居色身,而这具色身,也早晚都是要坏朽的。他甚至希望自己能像东晋高僧慧远大师那样,皈依净土,进入极乐世界。与人钩心斗角实在太累,他不愿做那些徒劳无益的事情。鲤鱼化龙只是世人的幻想,既然不可能实现,也就没有必要去累自己而"役役"了。

可是也有人说,李从嘉这首诗分明是"此地无银三百两",

那句"贪合鱼龙构强名",就是在表明自己渴望"鲤鱼化龙"之心,否则他为何在登上皇位之后为自己更名为"李煜"?

无心也好,有心也罢,没人能真正了解李从嘉写下这首诗时的心境。后人只知,虽然李从嘉并未刻意去争夺,南唐的江山最终还是落在了他的肩上,也为他带来更多无从躲避的纷扰。

第二章

最是深情，最是纵情

逃不掉的繁华

尽管李从嘉在诗词中拼尽全力地表达自己对自由的渴望,然而一双无形的巨手却推着他向帝王的位子越走越近。

自从李景遂被毒死,李弘冀开始陷入深深的恐惧。据说,李景遂死时的样子非常恐怖,尸体还未曾入殓,便已经溃烂不堪。尤其是当李弘冀得知毒死李景遂的元凶袁从范被抓捕归案,便更知道自己幕后元凶的身份已无从遮掩,这好不容易得来的太子之位,也无法成为他的保护伞。

从那时起,李弘冀便夜夜饱受噩梦困扰。他不止一次梦见李景遂出现在他面前,眼睛、鼻子、嘴巴、耳朵都流着发黑的血,面无表情地向他缓缓招手。李弘冀吓得魂飞魄散,闭上眼睛转身狂奔,可只要一睁开眼,李景遂又会出现在他面前,瞪着一双流血的眼,向他索命。

这恐怖的梦境如此真实,每次李弘冀大吼着从噩梦中惊醒,都觉得李景遂的鬼魂就在自己身边。李弘冀的寝衣被吓出的冷汗浸透，宫人们闻声过来查看，都只见李弘冀吓得语无伦次，瑟瑟发抖。

为了驱散李景遂的"鬼魂"，李弘冀想了无数办法，甚至还找来法师驱魔，然而到了晚上，李景遂还是以那样恐怖的面貌出现在李弘冀梦中。藏在心里的魔，是根本不可能被驱散的。

到后来，即便是在白天，李弘冀只要一闭上眼睛，就能看到浑身是血的李景遂出现。李弘冀吓得几乎无法呼吸，渐渐地，他开始疾病缠身，消瘦下去。

这样的噩梦折磨了李弘冀一年多。那一日，李弘冀又像往常那样从噩梦中惊醒，宫中的侍从们早已习惯了李弘冀这个样子。可是这一次，李弘冀的惊恐不似寻常，他突然大喊着从寝房内跑了出来，双手抱头哭喊着"不要杀我"。侍从们好不容易才将他控制住，却惊讶地发现，李弘冀的瞳孔竟然渐渐散大了。没过多久，李弘冀便因为惊吓过度一命呜呼。

为了皇权，李弘冀残忍地毒死敦厚的叔叔，自己则因过重的心理压力而无法解脱，惊恐而死，或许所谓的因果报应，便是如此吧。

得知李弘冀的死讯，李从嘉心中百味杂陈。他甚至有些同情自己的哥哥。李弘冀对权力那样执着，却从未从权力中获得一丝的快乐，就连死去的方式，都沦为他人茶余饭后的谈资，如此可悲。

但即便李弘冀死了，李从嘉也从未想过皇位会与自己有什么关系。李从嘉并不需要权力，只要有诗词、美人、歌舞，他就已经无比满足。

红日已高三丈透，金炉次第添香兽。红锦地衣随步皱。
佳人舞点金钗溜，酒恶时拈花蕊嗅。别殿遥闻箫鼓奏。

——李煜《浣溪沙》

这首词便是李从嘉在宫中奢华享乐的真实写照。红日已升至最高处，透过帘幕照进宫殿，一场彻夜宴饮仍未结束。训练有素的宫女们踏着轻盈的莲步走入殿内，挨个儿将金炉里快要燃尽的檀香重新添上，那些铺在地上的红色锦缎被宫女们的脚步弄得有些皱了。

李从嘉从来都是一个富贵闲人，最喜欢在享乐生活方面花费心思，就连史书都有所记载。《五国故事》中说李煜："尝于宫中以销金红罗幂其壁，以白银钉瑇瑁而押之。又以绿钿刷隔眼，糊以红罗，种梅花于其外。又以花间设彩画小木亭子，才容二座。煜与爱姬周氏对酌于其中，如是数处。"

足以见得，李从嘉的生活是奢华至极的，他从不吝惜在享乐方面的花销。别人眼中的放浪不拘，在他看来却再平常不过。

宫女添香过后，宴饮仍未停歇。宫中的舞女开始翩翩起舞，随着舞步的旋转，舞女头上的金钗从发髻上滑落，李从嘉却依然看得津津有味。陪伴在身侧的佳人已经不胜酒力了，她手中拈着一朵花，正在轻轻嗅着花蕊的芳香，试图以此来解酒。

此处的歌舞乐声是喧闹的，就连相隔遥远的别处宫殿都能隐隐听到从这里传出的箫鼓奏鸣之声。李从嘉从不避讳谈及自己这种追求奢华、享乐安逸的生活，词中对场景细腻的描写，语言的华丽，更加表明他深深地为这样的生活所陶醉。

醉心于风花雪月，再一次让李从嘉陷入危险境地。李弘冀病逝之前，李璟就因为李景遂被毒杀的事情废掉了李弘冀的太子之位，整整一年都没有再考虑立储的事情。可是李弘冀死后，李璟不得不开始思考将南唐江山托付到谁的手中。

如今，李璟只剩两个儿子，分别是六子李从嘉和七子李从善。其实，李璟一直很欣赏李从嘉的文学造诣，尤其喜爱他不争不抢的个性。当初李弘冀为了争夺太子之位，与朝中官员结党，这是皇帝最忌讳的事情。李从嘉却从不参与政治争斗，整日一副淡泊名利的样子，因此李璟认定，李从嘉如果登上皇位，一定会广施仁政，惠泽天下。

然而立储毕竟是大事，即便是皇帝也不能独裁，一定要朝中官员共同认可才行。在宫中当官久了，大部分官员都懂得揣摩皇帝的心思，并且李从嘉也的确是个仁善之人，朝臣们大多认可将他立为太子。

不过，唯独一人，发出了不和谐的声音，这个人就是钟谟。他说："从嘉德轻志懦，又酷信释氏，非人主才。"所谓"释氏"，便是佛教。钟谟所说的没错，李从嘉的确笃信佛教，不止一次在诗词中表明自己希望跳出红尘。这样一个无心政治的人，怎么可能治理好一个国家！

> 病身坚固道情深，宴坐清香思自任。
> 月照静居唯捣药，门扃幽院只来禽。
> 庸医懒听词何取，小婢将行力未禁。
> 赖问空门知气味，不然烦恼万涂侵。
>
> ——李煜《病中书事》

从这首诗中，的确可以看到李从嘉对佛教极乐世界的向往。他虽然喜欢雍容华贵的生活，却也同样向往佛教世界的远离尘嚣。

又或许，李从嘉是因为李弘冀对自己的猜忌，才刻意借用诗词逃避皇权争斗的。可在钟谟看来，李从嘉虽才情横溢，却难担大任。

为人耿直的钟谟对李璟直言不讳："从善果敢凝重，宜为嗣。"在钟谟看来，李从善的才华丝毫不逊色于李从嘉，也曾写过"尊前留客久，月下欲归迟"这样精彩的诗句。并且，李从善的个性比李从嘉更加果敢，若是一个国家想要维持兴盛，必须是这样的人才能胜任皇帝的重任。

或许，李璟也曾在李从嘉与李从善之间反复比较衡量过，也知道李从善的确有许多过人之处。然而，人的抉择终究逃不过"喜好"二字，不知为何，身为父亲的李璟，更加偏爱李从嘉这个儿子。

这一场立储人选的讨论，更像是走一个过场，最终，李璟还是封李从嘉为吴王、尚书令、知政事，并正式入主东宫。与此同时，钟谟被李璟找了个借口贬为国子司业，流放饶州。

这一举动，体现了李璟身为一个父亲的苦心。他知道，一个不看好李从嘉的臣子，一定不会对李从嘉发自内心地臣服。为了给李从嘉未来走上皇位铺平道路，他不得不提前将这个不和谐的因素铲除。

此时的李从嘉，虽没有正式被册封为太子，但入主东宫，已经表明了他的身份地位发生了变化。李从嘉并不能适应这种身份的改变，他甚至有些茫然无措。不知为何，他虽没有见过李景遂死时的样子，但总是担心这样的死状会发生在自己身上。

只可惜，生于皇家，对于皇权，李从嘉从来就没有拒绝的权利。他只能被这黄金打造的枷锁深深套牢，这注定是他此生无法摆脱的宿命。

隐于墨香缭绕中

入主东宫,便意味着李从嘉再也无法游离于政治之外。然而,他并未因此割舍掉享乐式的生活。

此时南唐的国君依然是李璟,李从嘉天真地以为,自己只要安分地待在东宫,父亲就可以守住南唐王朝的兴盛,却不知,距离他登上皇位,只剩下短短两年的光景。

这两年是李从嘉人生中最惬意的一段时光。随着李景遂和李弘冀相继离世,皇权之争已尘埃落定。再没有人将猜忌的目光投在他的身上,他也不必将国事太放在心上。李从嘉就像一只刚刚开始学习飞翔的雏鸟,哪怕飞不高,飞不远,也不必忧心,只要飞累了,就能躲在父亲的羽翼下寻求呵护。

与此同时,身边人对李从嘉的态度也在渐渐发生变化。从前他只是众多皇子中的一个,人们对他固然恭敬,却也不必在他面前太过拘束。如今,他是一人之下,万人之上,没有人敢违背他的任何想法,就连享乐这件事,都有无数人跟在他身后,尽可能地让他满足。

晚妆初了明肌雪,春殿嫔娥鱼贯列。笙箫吹断水云间,重按霓裳歌遍彻。

临风谁更飘香屑,醉拍阑干情味切。归时休放烛花红,待踏马蹄清夜月。

——李煜《玉楼春》

这又是一首为宫廷夜晚歌舞宴乐填的词,开篇便是一幅盛大的场景。宫中的嫔妃与宫娥为了这场夜宴,特意装扮了自己,刚刚化好晚妆的女子个个美艳动人,成为宫廷中一道亮丽的风景。李从嘉也因此对夜宴的兴致更浓。

皇宫中的夜宴从来都是奢华的,就连宴席上所使用的器物都是无比精美的。随着一阵悠扬的笙箫之音,歌舞登场。奏乐者与歌舞者都竭尽所能地展现自己的技艺,"吹断"与"重按",将夜宴上的音乐之动听描绘得无比传神。

《霓裳羽衣曲》曾是唐玄宗和杨贵妃最爱的乐曲,安史之乱爆发时,这首曲谱曾经失踪了一段时间,是酷爱音乐的李从嘉将这首曲谱想方设法地寻了回来。精通音律的他又亲自整理,终于将这首名曲重现,在南唐宫廷中演奏。失而复得的曲谱,自然无比珍贵,也难怪乐师们演奏得如此卖力,歌舞者也表演得如此动情。

直到夜深,这场夜宴才缓缓结束。正值春夜,晚风和煦,清风送来阵阵暗香,从夜宴中走出来的李从嘉意犹未尽,甚至因为觉得夜宴结束得太早而有些遗憾。

其实,他已经有些醉意了,靠在湖边的阑干上,手指在阑干上敲打着节拍,依然沉溺于《霓裳羽衣曲》的曲调中无法自拔。李从嘉为这样一个享乐的夜晚而深深陶醉着,清朗的月夜,他恋恋不舍地跨上马背,任由马蹄踏着皎洁的月光徐徐离去。

李从嘉有许多风雅的爱好,他创作诗词很大一部分灵感便是来源于书画。他收藏了许多名家墨宝,墨香滋养着他的才情。他的笔下也曾诞生许多令人称颂的书画作品,就像他的诗词一样,为后人津津乐道。

在收藏方面,李从嘉有着与生俱来的慧眼。出身于皇室,让他有机会接触到更多具有收藏价值的珍品。不过,并不是所有名家真迹都会出现在皇宫里,那些难得一见的珍品最能引起李从嘉的兴趣,只要他听说有珍品现世,哪怕付出再多金钱也要得到。

在古代帝王当中,李从嘉最欣赏梁元帝萧绎。萧绎与李从嘉一样才华横溢,不爱政治,只爱诗书画,也是一个出名的收藏家。相同的性格与喜好,让李从嘉跨越几百年的光阴与萧绎惺惺相惜。或许李从嘉也曾幻想,若是两人能生活在相同的朝代,说不定能在诗词、书画与收藏方面酣畅淋漓地探讨一番，两个文艺的灵魂，说不定能碰撞出璀璨的火花。

可惜，萧绎与后来的李煜一样，都是没能守住皇位的君王。当年江陵城陷之际，萧绎为了不让自己珍藏多年的墨宝落于他人之手，竟然将所有藏品连同自己的作品付之一炬。

没能亲眼见到那些珍贵的藏品，是李从嘉一生的遗憾。或许是受到萧绎的影响，多年以后，已是南唐国君的李煜在面临绝望时，竟然做出了和萧绎同样的举动。

没有人知道李煜在将所有藏品投入火海时，内心曾经历怎样的煎熬。也许他知道自己注定要被囚禁在一段绝望的人生里，才用这样的方式，让那些珍贵的藏品从这个纷扰的尘世中超脱。

萧绎又号金楼子，还曾以"金楼子"为名写了一本书。这本书是采用札记、随感的形式，引用前人名言名句，又加上自己的看法和思想，记录了一些史实、奇事、游记等，算得上一本杂家著作。萧绎最看不起吕不韦和刘安借用他人之手著书的做法，于是，他从青年时代便开始亲自搜集、整理，这本《金楼子》基本由他一人独立撰写而成。

由于种种历史原因，《金楼子》没能被收进《梁书》当中。为了找到这本书，李从嘉费尽苦心，终于功夫不负有心人，被他找到了。

抚摸着泛黄的书卷，李从嘉感慨万千。这是他与萧绎之间唯一的精神联系，咀嚼着《金楼子》中的字句，他仿佛能与萧绎进行一场穿越时空的对话。

李从嘉将这本书反复读了多次，依然不能尽兴。于是他铺纸研墨，提笔为《金楼子》作了一首诗：

牙签万轴裹红绡，王粲书同付火烧。
不是祖龙留面目，遗篇那得到今朝。

——李煜《题金楼子后》

他痴迷于这个墨香缭绕的世界，几乎每一幅费尽心力寻来的珍品，都由他亲自撰写题跋。李从嘉有许多枚上好的印章，上面用篆文刻着"内殿图书""内合同印""建业文房之宝"等文字。他将这些印章盖在自己钟爱的藏品上，再用昂贵而精美的丝帛加以装裱，收藏得极其精细。只可惜，后人与这些珍贵的藏品无缘相见了。

笔墨纸砚，是文房四宝，更是李从嘉每天都离不开的物件，也是他最喜欢收藏的物件。富庶繁华的南唐，滋养出一大批文人墨客，文房四宝尤其被看重。能工巧匠们在制造文房四宝上花费了许多心思，制造出大量精品，其中最负盛名的，要数李廷珪墨、澄心堂纸、龙尾石砚，以及诸葛笔。

热衷于收藏的李从嘉自然不会放过这些珍奇之物。据说，李廷珪墨用料十分考究，以松烟为基本原料，添加麝香、犀角、冰片、樟脑、珍珠等十几味药材作为辅料，不仅墨质细腻，用这种墨书画出来的字画，还带着一股淡雅的芳香。

每一块李廷珪墨，都镌刻着二龙戏珠、海天旭日等精美图案，包装更是精致独特，也难怪李从嘉对其爱不释手，每天都用这种墨写诗、作画。他的妻子周娥皇甚至还用李廷珪墨来画眉，宫中女子也纷纷效仿。

澄心堂纸是一种坚韧细腻的纸张，光润吸墨，是写诗、作画的上品纸张，也是李从嘉每天都要用的纸。为了更好地贮藏澄心堂纸，防止其受潮，李从嘉还专门为其建了一座"贮纸堂"。

至于龙尾石砚，其质地细腻坚韧，不吸水，不耗墨，易洗涤，外观精美，细节精致，被誉为砚台中的和氏璧，是砚中极品。

在李从嘉的藏品中，有一座宝石砚山，长度虽不足一尺，却参差错落地耸立着三十六座奇峰，每一座都不过手指大小。砚山中间的平坦处则是砚池，砚山后面，龙尾石天然的金星呈龙尾状排列，堪称巧夺天工的绝世珍品。李从嘉还专门为砚山上的三十六座奇峰挨个儿取了名字，足以得见他对这件藏品的珍爱程度。

而久负盛名的诸葛笔，则是由诸葛一族以独特工艺制造出的笔，最讲究尖、齐、圆、健，在南唐宫廷中最受青睐。据说，周娥皇非诸葛笔不用，甚至亲赐其名——"点青螺"。

　　这些珍贵的藏品，堆砌起李从嘉烂漫的少年与青年时代。若人生可以选择，他宁愿留在这段澄净的岁月里，与书香和墨香为伴，让最美的年华在人生中沉淀成永恒。

情长有尽时

在看似平静的岁月里,南唐的文人才子在皇帝李璟和皇子李从嘉的影响下,尽情吟诵着他们眼中的美丽与哀愁。然而眼前的岁月静好,不过是暴风雨袭来前的平静,在他们看不见的地方,南唐薄弱的军事力量已经几乎无力继续维持这繁华富庶的假象。

保大十五年(957年)十月,周世宗柴荣亲征,向南唐发起了第三次进攻。这是一场势不可当的进攻,当后周军队抵达濠州时,南唐军队几乎没有还手之力。很快,濠州的南关城和羊马城便被攻克。

濠州告急,终于让李璟意识到南唐的文化和军事已经两极分化得如此严重。他虽心急如焚,却也手足无措。而李从嘉依然没能在此时替父亲分忧,却还在东宫中吟诵着他的风花雪月,模仿着少妇的口吻,在词中诉说着少妇缱绻怀人时的百无聊赖。

> 亭前春逐红英尽,舞态徘徊。细雨霏微,不放双眉时暂开。
> 绿窗冷静芳音断,香印成灰。可奈情怀,欲睡朦胧入梦来。
>
> ——李煜《采桑子》

晚春时节遍地落红,总能让女子触景生情。词的开篇两句,虽一个字都未曾提及女子的动作,却仿佛能让人看到一个女子独坐窗边,举目窗外,看落花随风凌乱飞舞,最终片片落红无声无息地消逝在风中。

不提春日,却一下子就能令人联想到此时是晚春时节,这正是李从嘉的高明之处。"春逐红英尽",看似是在写落花,实际却是少妇在用晚春的落花来比喻自己,而"舞态徘徊"的,并不是落花在风中飞舞的姿态,而是少妇凌乱的情思。

晚春时节的花朵最是脆弱,一阵轻风便能摧残大半,更何况加上一场春雨的打击,窗外枝头曾经开得繁盛的花儿恐怕是无一能够幸免了。其实,被细雨打湿的,又哪里只是落花,分明还有少妇的思念。也正因如此,她才紧锁愁眉,久久未能舒展。

春日美好,却又短暂,像极了女子的青春。因为愁绪满怀,所以不展笑颜,岁月蹉跎催人老,由古至今,大多数女子都曾因为年华易逝而心怀感伤吧!

"绿窗冷静",点出了女子的孤寂。她所处的环境是寂静的,一个人独守在空荡荡的闺房之中,看窗外花落,听窗外雨潺,越发清冷。孤寂,是少妇忧思不断的源头,而造成她孤寂的原因,则是"芳音断"。

李商隐说"蜡炬成灰泪始干",李从嘉则说"香印成灰",他们口中的"成灰",都是在写心境,李从嘉笔下的少妇心境,更多了一些无可奈何、百无聊赖。或许唯有昏昏睡去,那思念的人才能在梦中得以一见吧?

一半相思,一半无奈,是李从嘉词中少妇的纠结心境。而放眼现实中的南唐,也已经陷入文人欢歌、将士悲歌的尴尬境地。

遭受后周军队攻打的濠州已经混乱不堪,守城主将郭廷谓丝毫不敢松懈。就在此时,周世宗柴荣派人劝降郭廷谓,许给他高官厚禄。苦守了多日,迟迟不见援军,郭廷谓的确有些绝望,可是如果他投降后周,那留在南唐的家人该怎么办?思来想去,他只得与后周定下密约:让他先回金陵安置好家人,再来投降后周。

郭廷谓一面派人回金陵安置家人,一面打探南唐朝廷的情况。如果南唐朝廷能派出援军增援濠州,郭廷谓还不至于太过失望。可惜,金陵城依然歌舞升平,丝毫没有即将丧失国土的紧迫感。

郭廷谓彻底失望了,率领手下兵将举城投降,濠州城中上万士兵与万斛军粮尽数归后周所有。这无疑大大鼓舞了后周军队继续向南唐进攻的士气。

接下来,后周入侵南唐的每一场战役都进行得无比顺利。先是郭廷谓率领自己的旧部攻打南唐天长县,与此同时,柴荣派出数百骑兵进攻扬州。扬州守将早就带着城中百姓南迁,后周军队兵不血刃就拿下扬州,很快又攻下泰州、海州等地。

南唐楚州守将张彦卿、郑昭业与后周军队苦战四十余天,还是没能等来皇帝派出的援兵,他们带领手下千余名将士奋战到最后一刻,因为不愿投降,最终自刎而死。城中百姓也没能幸免,惨遭破门而入的后周军队屠城。

楚州城中尸横遍野,李璟却依然在忙着写诗填词。那些伤感的字句终究不是武器,不能击退敌军。后周军队在长江北岸如入无人之境,随时可能攻打到金陵城。曾经,李璟认为不熟悉水战的后周军队一定不会攻打到长江,而此时,他眼睁睁看着本属于南唐的一座座城池陷落,这才终于意识到自己实在高估了南唐的军事实力。

今日今时,李璟已经不能再奢望保存南唐江山的完整,只求能保住自己的帝位,哪怕割地求和也在所不惜。

当柴荣收到由李璟亲手书写的降表,得知南唐愿意割让江北所有土地,他大喜过望,并立刻写了一封诏书回复李璟:"皇帝恭问江南国主。"

"江南国主",简单的四个字,轻描淡写便抹去了李璟的帝位。柴荣绝不允许南唐再以一个独立王国的身份存在,而南唐割让出的那些土地,也并不能满足他的胃口。

无奈之下,李璟只得再拟一张降表,除了自称"江南国主",还将长江以北仅剩的四个州全部割让给后周,还承诺以后每年向后周进贡数十万财物。

从此,南唐再也没有属于自己的年号,而是使用后周纪年。李璟也更名为李景,不再是皇帝,只是比皇帝低一级的"国主",史称"南唐中主"。他将所有的希望都寄托在李从嘉身上,希望有朝一日,李从嘉能复兴南唐。

李从嘉虽依然沉溺于诗词歌舞当中,却也做出了一件令李景欣慰的事情。

南唐向后周割地之后,后周兵部侍郎陶穀以观摩六朝碑碣、探研书法为名,出使金陵,实际想要暗中打探南唐的军事力量,以便伺机进攻。

陶穀外号"五柳公",素来为人傲慢。来到南唐之后,陶穀先是装出一副道貌岸然的样子,以正人君子自居,却处处摆出"上国来使"的架子,对南唐君臣极尽轻慢。在南唐为陶穀举办的酒宴上,他总是正襟危坐,不苟言笑,可说出来的话却总是对南唐君臣有羞辱之意。

李从嘉在与陶穀的相处中发现,陶穀看似一本正经,但言行之间却又处处流露出品行不端的本性。看来，陶穀的所谓正经，不过是装出来的样子罢了。为了给受辱的南唐君臣出一口恶气，他与宰相韩熙载商议，一定要想出一个办法来，杀一杀陶穀的威风。

于是，韩熙载对陶穀说，他想要观摩的《六朝书》，要半年时间才能写好，若想好好观摩，必须在南唐住上半年才行。无奈之下，陶穀只得住下。李从嘉和韩熙载得知陶穀喜爱美色，一个人在驿馆中必定孤枕难眠，于是便决定用美人计对付陶穀。

韩熙载在自己府中选了一名美艳绝伦的家伎，派她前往驿馆为陶穀侍寝。然而，第二天一早，那名家伎就被打发回来了，还带回一封陶穀的亲笔信。书信中只有两句话："巫山之丽质初临，霞侵鸟道；洛浦之妓姿自至，月满鸿沟。"

原来，这名家伎虽貌美，却不巧正赶上月经来潮，无法侍寝。陶穀先是惊喜，后是失望，只得将这名家伎打发走。

一计不成，李从嘉又与韩熙载商量了一个计策。先是由韩熙载出面，为陶穀更换一处更宽敞的驿馆，再由李从嘉亲自从宫中挑选一名美貌歌姬，名叫秦弱兰。一番精心调教之后，秦弱兰被送往陶穀所在的驿馆，乔装成一名洒扫婢女。

天生丽质的秦弱兰，一下子便吸引了陶穀的注意。她装作不经意的样子，一次次出现在陶穀面前，偶尔吟诗唱曲，偶尔顾盼生姿，很快便引得陶穀主动与她攀谈。按照李从嘉的指点，秦弱兰早就准备好了一番说辞。她说自己家境贫寒,丈夫英年早逝,为了维持生计,只得出来做些杂活儿。

陶穀倾心于秦弱兰的美貌,又同情她的遭遇,自然温柔备至,甚至打算纳秦弱兰为妾。秦弱兰一边感激涕零,一边面露娇羞,当晚便与陶穀同宿同眠。

第二日天还未亮,秦弱兰便悄悄离开了。陶穀醒来不见美人,除了怅然若失,也暗自后悔自己昨日冲动之下竟要纳她为妾。毕竟秦弱兰是南唐人,怎样把她带回后周还是个问题。

整整一日,秦弱兰都没出现,到了晚上,陶穀孤枕难眠,左盼右盼,终于盼来了秦弱兰。秦弱兰躺在陶穀身侧,柔声倾诉着自己对他的仰慕,并恳请他送自己一份墨宝,日后即便不能相见,也能以此墨宝解相思之苦。

陶穀正沉溺于秦弱兰这个温柔乡中不能自拔,听说她并不纠缠,只求一份墨宝,自然喜不自胜,当即便提笔填了一首《风光好》。

陶穀自以为将这些风流韵事隐藏得很好,却不知这首《风光好》很快便被送到了李从嘉手上,李从嘉又让人谱上曲,将它编成了歌。到了为陶穀举办饯行宴的那一日,陶穀依然一副盛气凌人的姿态,李从嘉便传来歌妓劝酒。陶穀无论如何也想不到,来向自己劝酒的,正是秦弱兰。直到此时,他才知自己中计了。

秦弱兰若无其事地在陶穀面前献唱一曲《风光好》，陶穀哪里有心听曲，只顾擦拭额头冒出的冷汗。一曲过后，秦弱兰一杯接一杯地向陶穀敬酒，陶穀不敢拒绝，直到喝得酩酊大醉，语无伦次，丑态百出，最终人事不省，被抬回驿馆。

第二日，陶穀酒醒，回想昨日的失态，懊恼不已，却也只能打落牙齿往肚子里咽。临行时，李从嘉只派来两名小吏为陶穀送行，场面极其冷清。与此同时，李从嘉又派人将陶穀在金陵的丑行散布到汴梁，并让《风光好》在歌妓中广泛传唱，搞得陶穀声名狼藉。

直到陶穀离开金陵，李景才得知李从嘉所做的一切。他欣慰于李从嘉懂得为南唐挽回颜面，却也暗暗忧心南唐会遭到后周更大的报复。

追思无绝期

自由,从来与身份和地位无关。身为皇子,李从嘉反而比寻常百姓遭受更多的束缚。这种束缚不是行为上的,而是精神上的。他可以在宫宴上纵情享乐,却永远不能享受到舍弃江山、只为一人快乐的自由。

于是,很多时候,李从嘉都在精神上麻痹自己。当初,为了摆脱哥哥李弘冀的猜忌,他故意强化了自己淡泊名利的姿态,久而久之,这种淡泊姿态似乎已经深入骨髓,政治上的权谋、斗争,真的无法引起他丝毫关注。

即便南唐在与后周的战争中一败涂地,大片土地落入他人手中,李从嘉内心依然毫无波动。土地的多与少,他并不在乎,虽然也因为父亲被迫去掉帝号而难过,却也并不觉得自己的生活受到了什么影响。

偶尔,李从嘉也会思索,为什么国与国之间一定要发动战争?无论国土多与少,只要国家太平,百姓便可以安居乐业,这不是国家最大的幸事吗？难道只有掠夺别国土地，才能让百姓生活得更好吗？难道后周的百姓会因为自己的国君侵占了南唐的土地而变得更加富有吗？

这些是李从嘉永远也想不通的事情，他只知道，自从南唐将江北的土地割让给后周，自己总有一种脊背发凉的感觉。金陵已经完全暴露在后周的视线之中，他觉得自己的一举一动都被人盯伺着。那仿佛是巨兽一双双在夜晚中冒着绿光的眼睛，虎视眈眈，只等南唐麻痹大意的时候，扑上来将其吞吃入腹。

李景与李从嘉有着相同的感受，不过身为国君，他比李从嘉多了一些应对之策。既然金陵已不再安全，那索性将宫城迁往别处，回避后周的锋芒。

就在李景思索哪里才是最适合迁都的地点时，周世宗柴荣突然崩殂了，继任皇位的是柴荣的儿子柴宗训，年仅七岁。

据说，柴荣自从在进攻南唐的过程中尝到了甜头，野心更加膨胀。侵占了南边的土地之后，他又将侵略的目光投向了北边的辽国。向北侵略的征程，进行得更加顺利，仅仅用了四十二天，柴荣便几乎兵不血刃地占领了北边七个县，并打算乘胜追击，夺下幽州。

而就在此时，柴荣病倒了，丝毫没有好转的趋势。无奈之下，后周军队只得班师回朝。

病中的柴荣没能忘记，有一个人在向南与向北的征战中屡立战功，这个人便是赵匡胤。一回到汴京，柴荣就将原来的殿前都点检张永德削去官职，将赵匡胤提升为检校太傅、殿前都点检。

这或许是柴荣此生做过的最错误的决定，是他亲手提升了赵匡胤的战斗力与权力，也为自己的儿子培养了一名强大的对手。

三十九岁的周世宗柴荣，就这样仓促地将刚刚扩大起来的江山丢给了自己的幼子。七岁的孩童尚不知皇位代表着什么，虽然有范质、王溥、魏仁浦三位宰相辅佐，却终究无法带领后周延续兴盛。

显德七年（960年）正月初一，距离柴荣离世仅仅半年，便传来辽国联合北汉大举入侵后周的消息。主持政权的符太后并无主见，茫然不知所措之时，只得招来宰相范质商量对策。范质觉得，只有赵匡胤才能解救后周于危局，然而，赵匡胤却托词兵少将寡，不肯出战。无奈之下，范质只得将最高军权授予赵匡胤，就这样，后周的全部兵马完全掌控在了赵匡胤手中。

另一边，南唐君臣听说柴荣病死，并且后周随时可能被辽国攻打，终于松了一口气。李景暂时将迁都的事情搁置下来，希望辽国对后周的出兵能给南唐争取一些休养生息的时间。

只可惜，重新沉浸在诗词世界中的李景没有轻松太久，很快，一个更令人震惊的消息传来——赵匡胤的军队在陈桥兵变了。

显德七年（960年）正月初三，赵匡胤打着北上御敌的旗号,率领大军出了汴梁。大军刚刚行至距离汴梁二十公里的陈桥驿,一个传言便在汴梁城的每一个角落散布开了。传言中说:"出军之日,当立点检为天子。"就连朝中官员都听说了这句传言,他们虽然并不相信,却也为此忐忑不安。

赵匡胤的军队在陈桥驿驻扎下来,当晚,便有人在军队中散布消息,说如今皇帝年幼,不能亲政,根本不懂得军中将士正在为他效力,不如拥立赵匡胤为皇帝,之后再向北出征。

军中大部分将士都对赵匡胤忠心耿耿,很快,将士们的情绪就被煽动起来,赵匡胤的弟弟赵匡义和亲信赵普趁此机会,拿出事先准备好的黄袍,披在刚从酒醉中清醒过来的赵匡胤身上,一众人在赵匡胤面前跪倒,呼喊着万岁,拥立赵匡胤为皇帝。

赵匡胤"勉强"接受了皇帝的身份,并率领军队返回汴京。汴梁的守城主将石守信、王审琦等人都是赵匡胤的结社兄弟,得知兵变成功,便主动打开城门迎接赵匡胤。随后,后周的小皇帝柴宗训被迫禅位,赵匡胤将国号更改为"宋",史称"北宋",依然将都城定在汴京。

李景直到此时终于意识到,后周的改朝换代,并不能让南唐的危局得到缓解,相反,刚刚登基的赵匡胤才是南唐最大的威胁。

赵匡胤在兵变后颁布的一系列诏令,便足以证明他是一个懂得铁腕与怀柔政策并举的君主。在进入汴梁城前,赵匡胤曾多次严明军纪，禁止将士侵扰百姓，对于归乡的后周臣子，一律给予重赏。除此之外，他还再三强调，所有人务必对后周太后及小皇帝柴宗训绝对恭敬，并将一张堪比免死金牌的丹书铁券赐给柴氏，保证柴氏后世子孙富贵太平。此举换来更多后周臣子对赵匡胤的心悦诚服。

大多数后周臣子对年幼的小皇帝柴宗训并没有太多感情，更不相信一个幼童能治理好国家。这些臣子认为，不如拥戴更有能力的赵匡胤为皇帝，这样一来，既稳定了后周局势，也能保全自己的性命和富贵。

李景早就听说过赵匡胤的有勇有谋，得知赵匡胤登基，李景立刻派使者送上厚礼，主动表示愿意尊赵匡胤为皇帝，并且承诺，此后每年都会向北宋朝贡。

从那时起，南唐便彻底生活在北宋的阴影之下，从不敢忤逆北宋皇帝发出的任何指令。

虽然南唐与北宋之间维持着表面上的友好，但李景依然觉得，暴露在北宋眼皮底下的金陵，实在不适合继续做南唐的都城。

建隆二年（961年）二月，李景决定迁都洪州。在迁都之前，李从嘉正式被册封为太子，并被李景留在金陵，担负监国重任。

那一年，李从嘉二十五岁，已经开始懂得，对于这个处于风雨飘摇中的国家，他应该承担起一些责任。他虽从未有过雄心壮志，更不喜欢政治与权谋，但国家兴亡，匹夫有责，更何况，他还是这个国家的太子。于是，李从嘉心中隐隐有了一丝渴望，希望南唐能在自己的努力之下，重现往日的兴盛。

> 玉树后庭前，瑶草妆镜边。去年花不老，今年月又圆。莫教偏，和月和花，大教长少年。
>
> ——李煜《后庭花破子》

后庭、妆镜，都是李从嘉从小就习惯的富贵场景，玉树、瑶草都是传说中永生不死的仙草。所谓的"花不老"，并非真的不老，只是花谢还会再开；月亮也是如此，月缺还会月圆。花与月都是永驻长存的美好，生活中的美好和青春的年华却是易逝的，李从嘉多想对上天呼唤一声：不要让这一切发生变化，让美好的生活再多停留一会儿吧，最好能像花与月一样，永远都不要消逝。

其实，在李从嘉前二十几年的人生中，他眼中的"花"，真是不曾谢过的；他眼中的"月"，从来都不曾缺过。直到南唐被迫迁都，他才终于体会到失而弥珍的道理。有生以来，李从嘉第一次对自己曾拥有的美好产生深深的依恋，而这些依恋，都建立在对失去的恐惧与忧虑之上。

尽管如此，李从嘉还是慢慢习惯着太子的身份，担起监国的责任。执掌江山的重任，迟早要落在他的身上。自从迁都之后，李景便一蹶不振，写诗填词无法彻底排解他心中的郁闷，于是，李景的身体每况愈下。自知时日无多的他，将复兴南唐的希望寄托在李从嘉身上，也暗暗期许，传说中的帝王之相，真的能让李从嘉成为一代圣君。

第三章

一解相思，一解寂寞

娶来爱情

人生几十年，不过须臾之间。能和最爱的人一起慢慢变老，对于有些人而言，是极大的奢望。身为帝王，他有后宫佳丽三千，莺莺燕燕环绕身畔，却唯有那个美艳贤淑的女子，能真正走入他的内心。

早在保大十二年（954年），十八岁的李从嘉便已早早被安排好一门亲事。皇室子弟的婚姻，大多与政治相关，身为皇子的李从嘉自然也不例外。父亲为他挑选的妻子是南唐司徒周宗的长女，名叫娥皇。

几千年前，一个同样名叫娥皇的女子嫁给帝舜为妻，她聪明美丽，温柔贤良，虽出身皇家，却从不贪图享乐，总是关心百姓疾苦。李从嘉不知道他未来的妻子是否也是这样的秉性，只知道他未来的岳父周宗是颇受父亲重用的臣子。

周宗最初只是李昪的侍从，因为颇擅辞令，在南唐建国之后被升为内枢使、同平章事，后迁侍中，可谓是南唐的开国元老之一。

　　与这样的臣子联姻，对于李璟来说是一举多得的美事——既可以抚慰老臣，又能给儿子娶到一个家世显赫的妻子，同时还能稳固朝纲。

　　李从嘉并没有父亲这样目的明确，生性浪漫的他，虽然也期待美好的爱情，却也并不奢望，只希望那是一个好相处的女子，便足够了。

　　成婚的日子定在春天，正是金陵城繁花绚烂的时节。那一日，李从嘉身着大婚盛装，骑在高头白马之上。春意盎然的金陵美景，为这场婚礼渲染出浪漫的氛围，一片喧哗的锣鼓之音，向整个南唐宣告着这位皇子即将与一个美丽的姑娘开启一段姻缘。

　　如此热闹的氛围吸引了整座金陵城的百姓，为了观看盛大的皇家迎亲仪仗，有人站上城楼，有人爬上屋顶，就连墙头上都挤满了人。所有人的脸上都洋溢着笑容，婚礼总是能给人带来幸福的感觉，尤其是皇家婚礼，人们觉得，能目睹这一盛景，便能沾到皇家的喜气和福气。

　　春日温暖的阳光照在新郎李从嘉的脸上，却照不出他内心的忐忑。刚刚得知父亲为他定下这门亲事时，他并没有太多想法，只是欣然接受。可如今到了成婚这一日，忽然想到要和一个素未谋面的陌生女子共度余生，李从嘉的心情有些复杂。

　　他骑在马上沉默不语，心中翻腾着无数种婚后生活的样子，有好有坏，让他心绪难安，根本无法融入身边喜庆的氛围当中。到最后，李从嘉长叹了一口气，终于有些释然了。无论这场婚姻是好是坏，他都没有拒绝的权利，只能接受。

好在，若说命运对李从嘉不公，那这场婚姻则是命运给予他的弥补。周娥皇是个美丽的女子，却不是寻常的庸脂俗粉。她才貌双全，能歌善舞，精通史书和音律，擅长博弈之术，一手琵琶更是弹得出神入化。

李从嘉是个风雅之人，文墨、书画、诗词、歌舞都是他的心头之好。他与周娥皇是天作之合，注定在人间留下一段皇子与才女的爱情佳话。

洞房花烛之夜，李从嘉缓缓揭开了周娥皇的红盖头。出现在他面前的，是一张倾国倾城的脸，尤其是那一双凤眼，脉脉含情，只与他对视了短短一瞬，便羞怯地躲开。只这一眼，便让李从嘉认定，此生的思念，终会维系在她的身上。

婚后的生活被甜蜜充溢着，周娥皇的确如同帝舜的娥皇那样，不仅貌美，并且贤良。尤其是她的才情，给了李从嘉莫大的惊喜。共同的喜好让他们既是夫妻，又是知己。他们一同吟诗赋词，一同探讨琴棋书画，日子过得充实而又美好。李从嘉发现，自己深深地迷恋上了这个浑身上下都散发着魅力的女子，更庆幸这样的女子能成为自己的妻子。周娥皇的一颦一笑，都成为他创作诗词的灵感。

晓妆初过，沉檀轻注些儿个。向人微露丁香颗，一曲清歌，暂引樱桃破。

罗袖裛残殷色可，杯深旋被香醪涴。绣床斜凭娇无那，烂嚼红茸，笑向檀郎唾。

——李煜《一斛珠》

国色天香的周娥皇，哪怕是晨起梳妆，都是一抹亮丽的风景。她淡扫蛾眉，薄施脂粉，又在樱桃小口上涂上一抹浅绛色，刹那之间便更加妩媚动人。或许是注意到李从嘉正在观赏她化妆的动作，周娥皇转头向他微微一笑，露出几颗整齐好看的贝齿，双眸间依然流转着新婚女子的娇羞，看得李从嘉更加陶醉。

新婚生活如同蜜里调油，周娥皇一面梳妆，一面心情愉悦地轻声唱着歌。她嗓音清脆，歌声婉转，刚刚上好妆的双唇随着歌声一开一合，越发诱人。

那一日的宫廷酒会上，周娥皇落落大方，丝毫不扭捏作态。良好的家世让她早已习惯了这样的场合，宫中女子和官员家中的女眷们频频向她敬酒，她并不推辞，微笑着饮下。到了酒宴过半，她便也有些不胜酒力了，一个不留神，杯中的酒倾洒出来，打湿了衣袖。她穿的是轻薄的丝质衣衫，早晨还精心地在衣衫上熏了香，到了此时，香气已经渐渐散去了，被酒一洒，又沾了些许酒香。

李从嘉不忍心让周娥皇再喝别人敬过来的酒，找了个借口，便将她带离了酒宴。寝房中，已有些许醉意的周娥皇斜倚在床上，娇憨地笑着。她还有着属于少女的天真，把口中嚼烂的刺绣用的绒线笑着吐向李从嘉，如此大胆，却又如此可爱。

　　民间的女子，喜欢称心爱之人一声"檀郎"，不知周娥皇是否也曾这样称呼过李从嘉？她就这样袅袅婷婷地走入他的生命中，陪伴着他的每一日繁华笙歌，也让他认定，此生都将把她当作珍宝来疼爱呵护。

　　这对如胶似漆的小夫妻偶尔也有分开的时刻，李从嘉喜欢出游，一走便是数日。宫廷之外的山水格外有诗情画意，那里能陶冶李从嘉的心境，举目远眺，山水无边无际，少了宫廷中的约束，才能让他感受真正的自在。

　　出游已成了李从嘉生活中的惯例，即便是新婚，也没能阻挡他出游的脚步。这一年夏秋交接时节，李从嘉又准备远行。周娥皇对他恋恋不舍，却也不能执意把他强留在自己身边。她带着宫女为李从嘉打点出游的行囊，人还没走，周娥皇已经生出了几许思念。临别之时，她再三叮嘱李从嘉，不要贪恋宫外的景色，一定要早些回来。

　　自从李从嘉离开，周娥皇的生活便一下子寂寞了起来。尤其是到了晚上，独守空房，月光能照出她的孤独。长夜漫漫，更是煎熬，这样的生活简直度日如年，周娥皇甚至连梳洗打扮都不如从前花心思了。

这样的孤寂足足持续了十几日,周娥皇终于盼回了李从嘉。仿佛一下子找到了释放情绪的出口,她将平日里刻意维持的端庄形象统统抛开,依偎在李从嘉怀里,柔声诉说着自己的思念。

风景在别处,心爱的人在身边。周娥皇因思念他而流出的泪,让李从嘉的心顷刻融化。他爱怜地将周娥皇拥在怀里,享受着被一个人发自内心地爱着的满足。

一重山,两重山,山远天高烟水寒,相思枫叶丹。
菊花开,菊花残,塞雁高飞人未还,一帘风月闲。

——李煜《长相思》

这是李从嘉在代替周娥皇写她对自己的思念。他出游的那十几日,周娥皇每一天都是不安的。有时,她甚至踮起脚遥望宫墙之外,希望能够看到李从嘉的身影。可是,重重宫墙如同重重山峰,严严实实地挡住了她的视线。她只能想象着李从嘉眼中看到的辽阔山水,因为过于思念而心生哀伤,就连身上都感受到丝丝寒意。此时已是枫叶红透的时节,不知这相思之苦何时才能了结。

宫中的菊花已经开了,用不了多久,又会统统凋残。相思日久,愁怨更多。就连塞外的大雁都知道秋日到了便要南归,远行在外的李从嘉为什么还不回来呢？

思念总是折磨人的，周娥皇又开始联想到一些不好的事情。李从嘉迟迟未归，难道是路上感染了风寒？或者是遇到了什么意外？一番番的胡思乱想让她更加焦虑，曾经最爱的月色也无心欣赏，任由一轮明月闲挂在天上，她也懒得抬头去看。柳永曾在《雨霖铃》中写道："此去经年，应是良辰好景虚设。便纵有千种风情，更与何人说？"想必周娥皇此刻便是这样的感受吧。

好在，李从嘉终于回来了，化解了她的相思之苦。而周娥皇给予李从嘉的那份爱与眷恋，也让李从嘉深深感动，绵绵不尽的情思便这样化成词句，惊艳了人间。

夜长人奈何

当黑夜隐去万物的色彩,李从嘉才发觉白日的喧嚣繁华终究无法装点所有的梦境。万语千言凝噎,几多愁绪在心底流淌出心碎的悲音。

李从嘉的诗词再美,也无法改变南唐的颓势。彼时李景已经率领群臣抵达洪州,那是一个毫无都城气质的地方,狭小的城市几乎容纳不下突然拥入的大队人马,就连基本的生活设施都无比简陋,根本无法很好地安置复杂的朝廷机构。

在离开金陵之前,朝臣们或许对即将面对的窘迫处境有了些心理准备。可乍然看到这里与金陵天差地别的场景,他们还是不禁满腹怨言。

身为国主的李景在这样的处境中日夜忧烦,尤其到了夜晚,一想到父亲一手创立的基业几乎断送在自己手上,深深的负罪感便折磨得他辗转难眠。

这世上有两种人:一种是在困境中锻造自己,积蓄逆袭之力；另一种是在困境中一蹶不振，彻底沉沦。李景显然属于后者，他将自己所有的愁绪与懊悔都寄托在诗词中，却将朝政搁置一旁，不闻不问。

金陵，成了李景此生都回不去的梦。建隆二年（961年）六月，南唐迁都洪州的第四个月，年仅四十六岁的李景带着满腔遗憾离开了这个世界。与这个世界告别之前，李景亲手写下遗诏：留葬西山，累土数尺为坟。

或许李景终于明白，生前的繁华在死后都将成空，再奢华的葬礼也唤不醒一个永远沉睡的人。然而，李从嘉执意不肯将父亲薄葬，这是生性孝顺的他第一次做出违背父亲意愿的事情。

将父亲厚葬之后，李从嘉在金陵正式即位。他从不想做君王，却还是拗不过命运。既然命运不可更改，那就试着去接受吧。他将名字改为"煜"，意味着光明照耀，希望这个名字能为正处于颓势的南唐带来一丝光明与希望。

建隆二年（961年）七月二十九日，李煜的登基大典在金陵举行。按照惯例，新皇登基仪式上要在皇宫前竖起一根七丈长的朱红色长杆，在长杆的顶端放置一只木制金鸡，这是皇权的象征。

然而，赵匡胤得知李煜按照皇帝登基的礼数举办登基仪式后，勃然大怒。天下只能有一个皇帝，南唐之主早已被废去帝号，李煜即便登基也只能称为"国主"，用皇帝的礼数登基，就等同于僭越。

为了展示皇帝的威严，赵匡胤召来了南唐驻汴梁进奏使睦昭符，怒不可遏地质问他，为什么李煜竟敢用皇帝即位的礼节。睦昭符素来处事机敏，足智多谋，但看到赵匡胤如此愤怒的样子，还是惊骇到了。

好在睦昭符迅速恢复了镇定，为了保证南唐不受侵犯，他只得放低姿态："恳请陛下息怒。我江南国只是中原的小小属国，怎敢动用金鸡之礼呢？我国主登基，算不得'金鸡消息'，充其量也就是'怪鸟消息'罢了。"

睦昭符机敏地替南唐化解掉了危局，他的一番话让赵匡胤转怒为喜。而当李煜得知这一消息，他却是一阵后怕。他向来与人为善，没想到自己的登基仪式竟然险些让南唐陷入危局当中。

想要复兴南唐，必先保住南唐，于是，李煜也只能放低姿态。他亲笔写下一篇《即位上宋太祖表》，字字诚恳，强调自己本无心皇权，只愿隐居山林，只因父兄早亡，自己才无奈被推上了这个位子。他向赵匡胤承诺，自己只想做一个好国主，只求百姓太平安稳，南唐将一直忠于宋朝，恳请宋朝不要向南唐发兵。

表文写好之后，李煜立刻派中书侍郎冯延鲁携带金器两千两、银器两万两、纱罗绢丝三万匹，前去宋朝进贡。

从此之后，李煜对宋朝越发表现出臣服的姿态。除了每年定时朝贡，赶上宋朝有什么喜事，他都会派人进献厚礼。天真的李煜以为只要自己表现得足够臣服,就一定能守住南唐仅存的为数不多的国土。然而,即便是这样的小小心愿,上天都不愿意满足。

无论如何,南唐终于求得了暂时的安稳。李煜继位后将周娥皇封为国后,这一对知己般的夫妻也终于能像往日那样携手共赴风花雪月。

> 云一绸,玉一梭,淡淡衫儿薄薄罗。轻颦双黛螺。
> 秋风多,雨相和,帘外芭蕉三两窠。夜长人奈何!
> ——李煜《长相思》

周娥皇的存在,是李煜迷茫时最大的安慰。哪怕是妆容淡雅,周娥皇的美依然是无法掩藏的。平日里,她只用一支简单的玉簪将一头黑发绾起,便如云般好看。她高雅的气质是由内而外散发出来的,无须华贵的衣饰来衬托。

既然周娥皇与李煜堪称知己,她便能读懂他心底的忧愁。她因他的愁绪而心疼,一双好看的眉微蹙着,那样美丽而忧伤。而因为不愿让李煜看出自己的难过,善解人意的周娥皇就连蹙眉都不敢太用力,一个"轻"字,形象地勾勒出她故作淡然的模样。

秋风本就催生愁绪,更何况又来一场秋雨相和。风雨交加的秋夜,忧愁的人更觉凄苦。秋风秋雨摧残着窗外的芭蕉,无人能了解此刻芭蕉的痛苦，不知芭蕉是否也像人一样，在伤心到极处时，会流下辛酸的泪。

秋夜漫漫，最是忧愁滋生的温床。李煜不止一次听到周娥皇在深夜发出深长的叹息，他知道，南唐如今的处境，让身为国后的她心生凄凉。原来，秋风秋雨伤的不只是身，更伤的是人的心。

李煜用一首词写下了周娥皇的愁，通篇却没有一个"愁"字。人与景相互照应，浑然一体，他的确堪称一位优秀的词人。

与周娥皇琴瑟和鸣的生活，是李煜悲剧人生中最大的幸事。在即位之前，他们已有了爱情的结晶。初为人父的李煜难掩喜悦，为儿子取名"仲寓"。即位之后不久，周娥皇又为李煜生下次子，李煜为他取名"仲宣"。

新的生命总能带来新的希望，或许因为仲宣出生的时机刚好，李煜对次子尤其偏爱。仲宣也没有辜负李煜对他的疼爱，三岁时便已能诵读《孝经》，还有过目不忘的本领。

父母的艺术天赋与文学才华也被仲宣继承了下来，他尤其喜欢音乐，每当宫中乐师开始奏乐，他便听得格外认真。听着听着，竟然无师自通，能分辨出五音，还能随着曲调哼唱。在李煜看来，那稚嫩的童音，胜过世间所有美妙的乐声。

两个聪慧可爱的儿子，是李煜生命中的又一抹亮色，也让他生出振兴南唐的雄心壮志。即位之初，李煜重用旧臣，对有功之臣更是礼遇有加。与此同时，他还大兴科举，为南唐选拔出色的人才。

这一切举措都证明，李煜发自内心想要做一名出色的君王，只可惜，他的政治天赋远不足以让他驾驭一个国家的政权，更何况，他内心深处依然是一个渴望山水田园的散淡人。

没过多久，李煜便重新投入风花雪月中去了，诗词、美酒、美人才是他真正的精神寄托。他的精神世界已经足够丰富，实在没有政治和权谋的容身之地。

然而，同样身为国君的赵匡胤，却是一个天生的政治家。在赵匡胤登基之前，后周在柴荣的治理下已经日趋兴盛，赵匡胤夺取政权之后，后周易帜为宋，国家的实力比从前更强。

这一切与南唐形成了鲜明的对比。李煜即位之前，南唐便已国库空虚，只能通过增加百姓赋税来填充国库。而正常的税收对几乎见底的国库来说只是杯水车薪，南唐只能不断颁布一些荒唐的税收名头，从并不富裕的百姓身上榨取油水。

李煜即位后虽颁行"率分"政策减少百姓赋税，但百姓的疾苦，李煜并不能体会。守在深宫中的他，终日与一些只会舞文弄墨之人为伍，进行诗词之间的切磋、较量，甚至连国家的危难与百姓的艰辛，都只沦为他们创作诗词的灵感来源。

对北宋，李煜尽可能地做出臣服的姿态。南唐的宫殿顶上有上古神兽鸱吻的雕塑。传说中，鸱吻是龙的第九个儿子，喜欢吞火，也喜欢到处张望。在古时，鸱吻是皇权的象征，皇宫建筑屋脊正脊两端都会有它的身影。而每当北宋派使节来南唐时，李煜都会命人将屋顶的鸱吻撤掉，直到北宋使节离开，再重新安上。

李煜如此煞费苦心地向北宋表达着自己的归顺之意，就是为了多换一些安稳日子。然而，赵匡胤的野心绝不容许南唐有一丝复兴的机会，南唐歌舞升平的假象也终将结束。

梦回芳草思依依

一曲笙箫,惊艳了岁月,陶醉了人心。李煜与周娥皇都是醉心音律之人,两人时常一同搜寻名家曲谱,若是找到了,便立刻安排宫廷乐师排演。

热衷于收藏的李煜,将失传的曲谱列为梦寐以求的藏品,盛唐时久负盛名的《霓裳羽衣曲》便是其中之一。这是由唐玄宗亲手创作的曲子,当年杨玉环在华清池初次进见时,唐玄宗便命人演奏《霓裳羽衣曲》以导引。据说,杨玉环还专门为此曲编舞,亲自为唐玄宗献舞。虽然这一传说的真实性不可考,但世人大多将《霓裳羽衣曲》当作唐玄宗与杨玉环之间爱情的见证。

在开元、天宝年间,《霓裳羽衣曲》曾兴盛一时,当时就连各个藩镇都纷纷排演此曲,唐玄宗更是因为创作了这支曲子颇为自得,甚至亲自教梨园子弟演奏。唯有心中有无限情思的人,才能谱写出如此婉转缠绵的曲调,就连白居易在看过《霓裳羽衣曲》的歌舞之后都不禁赞叹:"千歌万舞不可数,就中最爱霓裳舞。"

李煜听说《霓裳羽衣曲》不仅曲调优美，构思更是精妙，可惜安史之乱之后，宫廷中便再也不曾演奏过此曲，世人渐渐淡忘了这支饱含情思的曲子。

幸运的是，经历几番搜寻之后，李煜终于寻得了《霓裳羽衣曲》的残谱。谱子已经零落不全，但好在李煜和周娥皇都通晓音律，大致还能看懂。夫妻二人惊喜万分，连忙将这份残谱誊抄下来。闲来无事时，夫妻二人便对坐桌边，仔细揣摩曲谱中残缺不全之处。

他们按照自己的理解，渐渐地将残缺的部分补全了，只是无法做到与当年的原谱一模一样。当年唐玄宗在创作此曲时融入了自己的情思，如今李煜和周娥皇也在曲中融入了对彼此的爱意，如此看来，修改后的《霓裳羽衣曲》也算得上与当年的原谱相得益彰。

一个失传了百余年的曲谱重新现世，宫中乐师、歌女与舞女自然要好好排演一番。排演完成之后，李煜特意挑选了一个吉日，邀请王公大臣到宫中赴宴，欣赏重见天日的《霓裳羽衣曲》。

这是一场奢华至极的宫廷夜宴，当《霓裳羽衣曲》缓缓奏响，喧哗的酒宴一下子安静了下来。舞女们身着飘逸的衣裙，脸上画着精致的妆容，在场上翩然起舞。曲声缭绕之处，现实的场景仿佛虚幻了起来。酒宴上的众人觉得自己被笙箫之声托上云端，进入了仙境。李煜深情地看着周娥皇，眼神那样温柔。他们之间的爱早已无须说出口，浓浓的爱意伴着音符，便能蜿蜒钻入彼此的心底。

直到歌舞停歇，众人还沉浸在如梦似幻当中。唯有大臣徐铉独醒，他从这首乐曲中品出了异样的滋味。

徐铉是大才子，十岁能文，对乐曲、音律也有所涉猎。虽然《霓裳羽衣曲》失传了一百多年，但徐铉听说此曲在结尾之处是和缓悠扬的，展现的是唐朝的太平盛世。而李煜和周娥皇修改过的曲谱，结尾却有些急促，细细品来，有种有始无终之感。

想到此处，徐铉突然心惊：莫非这是不祥的预兆？难道南唐便要如同这支曲子那样，急促地奔向终结吗？

徐铉再也不敢继续想下去了，悄悄地向乐工曹生求证。果然，曹生心中也有疑虑，据陆游《南唐书》记载，曹生当时是这样说的："旧谱是缓，宫中有人易之，非吉征也。"

然而，徐铉终究无法向李煜言说这种不祥的预感。后来，在一次送别友人时，徐铉忽然又听到《霓裳羽衣曲》的乐声，不祥的预感再次浮现：《霓裳羽衣曲》本应是赞颂和平安乐的曲子，却偏偏以凄清悲凉的曲调出现在送别的夜晚，这究竟是为何？

若干年后，徐铉的不祥预感竟然成真。与他别离的，仅仅是友人；而与李煜别离的，却是南唐仅剩的半壁江山。

然而，彼时宫廷夜宴上的李煜，并不觉得此曲有什么不妥。回到寝宫之后，李煜还在回味刚才夜宴之上舞女一身盛装，翩然舞一曲《霓裳》时的光彩照人。她们乌云一般浓黑、柔美的鬓发插满珠翠，身着轻柔艳丽的霞帔，站在翠绿的蒲苇编织的席子上，静静等待曲声开始。笙箫开始演奏的刹那，舞女立刻化身为巫山神女，翩若惊鸿的舞姿是那样明艳动人。

歌女此时也随曲声歌唱，歌声婉转绕梁，舞女身姿翩跹，如同燕子在空中轻盈翻转，手中的红袖轻轻一抛，直飞过帘栊。歌舞欣赏到此处，李煜不禁拍案叫绝，心醉神驰。周娥皇就在他身旁，脸上依然挂着端庄的笑容，眼神中也难掩惊喜之色。

眼前人是最爱的心上人，眼前景是最痴迷的歌舞升平。此时此刻的李煜，充分感受着人世间莫大的幸福，这是上天对他仅有的馈赠。或许对于一个优秀的词人来说，生活中的苦与乐都是命运的恩典，酸甜苦辣皆是诗词的灵感来源，他与生俱来的细腻情思，就是为了给这个世间留下几曲诗词绝唱。

若是南唐能像现在这样一直歌舞升平下去，哪怕只有半壁江山，李煜也能接受。北宋的军事力量日渐强大，李煜并不惧怕。并非他勇气非凡，而是天真如他，以为只要自己真心臣服，北宋就会放南唐一条生路。

然而赵匡胤显然不像李煜想象的那样和善，他是天生的王者，将一统天下当作毕生的夙愿。诗词、歌舞，只被赵匡胤当作生活中的点缀，厉兵秣马，随时准备出征，才是他生活中的日常。

此时此刻，赵匡胤正在操练北宋水军。当年跟随柴荣攻打南唐的过程中，赵匡胤意识到北方人在水战中的弱势。南唐正是因为拥有得天独厚的水路优势，才能训练出一支出色的水军队伍，让当时的后周屡攻不下。若是李煜也意识到这一点，或许南唐还有一线生机，可惜，就在他沉溺于诗词歌赋温柔乡之中时，北宋的水军已越发精锐。

为了训练水军，给水军将士创造出与长江尽可能相似的环境，赵匡胤下诏开凿河渠。事实证明，赵匡胤的军事才能不可小觑，这一举动让北宋水军迅速成长，天下统一指日可待。

李煜丝毫没有意识到，南唐已经如同一只被剥去硬壳的蜗牛，柔软的躯体早已暴露在饿狼的爪牙之下。监察御史张宪得知赵匡胤训练水军的情报后，立刻用激烈的言辞向李煜谏言，他已下了必死的决心，即便是惹怒了李煜，只要能重新整顿军队，哪怕是将他处死也在所不惜。

张宪还是不够了解自己的国主。李煜听了他的谏言，并没有生气。天生的一副好脾气，加上不疾不徐的处事态度，让李煜很少对臣子动怒。其实，身为国主，他始终知道自己背负着复兴南唐的使命，只可惜，他做不到，或者说，他并不想在这件事上花费太多心思。

天下大事固然重要，但诗词歌赋却无法割舍。若是硬要他从中挑选一个，李煜宁愿选择后者。唯有精神上的富足，才能让他有活下去的勇气。

李煜不仅没有对张宪动怒，甚至为张宪死谏的勇气而感动。他明白，唯有对南唐忠心耿耿的臣子，才能将自己的性命置之度外。于是，李煜只是口头上答应了张宪的请求，并对他赐予重赏，又当着朝中官员的面狠狠地夸赞了张宪一番。

张宪以为自己的一番谏言唤醒了沉睡的国主，希望南唐能从此焕发出蓬勃生机。然而，日子一天天过去，李煜却没有丝毫改变。或许李煜觉得，美好的时光总是稍纵即逝，与其在政治上浪费时间，不如将金陵春夏秋冬的胜景都收入词中。即便有朝一日繁华留不住，至少也能用诗词留住这刹那的美好。

说到底，李煜天生就是个矛盾的个体：他具备仁信之德，却毫无雄心壮志；他有御臣之能，却优柔寡断；他有济世之愿，却又沉迷于奢华；他有抵抗宋军的行动，却又信奉佛教，将人生归于天命。

这其中的每一个矛盾，都是李煜无法成为一位强国之君的原因；每一条评价，都有史为证，算不上冤枉了李煜：

说他有仁信之德，是因为官至南唐吏部尚书的徐铉，在为李煜撰写墓志铭时，对李煜一生施仁政、以王道治国、以孔子纲常道德处事等优点极力进行了赞扬。徐铉笔下的李煜，是个精心研究《诗》《书》《礼》《易》《乐》《春秋》六经的君王，他精通诸子百家，文采惊艳，对臣子宽宏，对百姓仁爱，是个以民为本的好君王。

李煜行仁政，从不对民乱施酷刑。对于刑狱，李煜向来慎重，极力反对酷刑，时常亲自过问，甚至曾亲自去监狱释放在押囚犯，为此还惹得中书侍郎韩熙载当面谏言，请求为李煜拿出三百万钱作为罚金，以此惩罚他身为国君却亲临监狱的荒唐行为。

若不是李煜实施仁政，或许南唐国早在宋朝建立之时，便已经国破了吧！

李煜的仁政还体现在对臣下宽宏平和方面。臣子直言进谏李煜不应厚赏乐府之人，李煜不以为忤，反而赏赐帛旌，奖励其敢于直言；臣子写诗讽刺李煜立小周后，李煜还称赞其忠诚能直言，打算重用。

然而，凡事总有两面，因为过于仁善，李煜缺乏雄心壮志，在北宋的强权之下只知苟且偷生。强敌当前，李煜却依然让骨子里的善良占据上风，委曲求全，让北宋欺负南唐时更加肆无忌惮。

说李煜有御臣之能，是因为他在继位之初便懂得借助老臣威望来重振人心，通过对老臣礼遇，稳定了老臣之心，又通过老臣的支持，确立了自己的威信。

李煜任用人才不拘一格，让许多流落到南唐的人才充分发挥了自己的才干，对南唐的发展起到了积极的推动作用。并且，他还让朝堂之中相争的党派互相牵制，以善纳谏稳定朝纲。

然而，李煜的御臣之能，也只能体现在太平祥和的局面之下。一旦乱局呈现，李煜的优柔寡断便即刻凸显了出来。如此个性，导致他错过了许多施行政策的最佳时机；他甚至因此中了北宋的反间计，错杀了不该杀的可用之臣，导致朝中无将可用，使南唐在战场上陷入被动局面。

说李煜有济世之愿，是因为他最初继位之时，在南唐经济遭到破坏的局面之下，率先采取措施改善经济。具体措施包括：打击贪官、减免赋税；任用李平进行土地改革，虽不成功，却足以看出李煜打算重组经济以缓解国难的意愿；为了缓解通货膨胀，李煜下令铸铁钱，可惜民间纷纷藏匿铜钱，出现了劣币驱逐良币的现象。

李煜在经济上的成就并不明显，然而生活上却难改奢华的本性。他骨子里依然是个追求安逸与风月的文人，一边尽力勤勉朝政，一边却还是不愿因朝政而减少对享乐的追逐。

说李煜对北宋有抵抗之实，是因为在北宋兵临城下时，他虽未大肆发兵，却采取坚壁固守城池的策略，打算拖垮长途奔袭的宋军。毕竟南唐与北宋兵力悬殊，对于李煜来讲，坚守不出，也是迫不得已的选择。

　　对于兵力较弱的一方来说，坚守也是一种抵抗的方式。可是，李煜对佛教的极度信奉，又是导致南唐亡国的重要原因之一。李煜用宫中的钱招募百姓为僧，金陵的僧人一度多达万人，甚至李煜自己在退朝之后还要换上僧人的衣服诵读经书。即便僧人犯罪，也不依法制裁，只诵佛经就好。李煜将国运寄托于天命，如此单纯，却又如此荒谬。

执子之手，愿与子老

世间万事万物皆有灵且美，若硬要排出一个先后次序，不同的人一定有不同的解读。于赵匡胤而言，天下统一是人生头等大事；于李煜而言，最重要的，莫过于抓住眼前的幸福。

诗词与爱情，都是李煜幸福的来源，他与周娥皇不似寻常夫妻，少了柴米油盐的琐碎，只有阳春白雪的浪漫。

周娥皇最擅长弹琵琶，早些年李璟在位的时候，南唐尚且富庶，国土尚且完整，周娥皇也曾以一曲琵琶为李璟祝寿。那时的李璟还是名正言顺的皇帝，不是所谓的"江南国主"，每一年的寿诞，南唐皇宫都要为他大操大办，极尽奢华。

那一年李璟的寿辰，宫中皇妃、王妃们都纷纷为皇帝祝寿。每个人都拿出自己擅长的才艺，或清歌一曲，或翩然一舞，李璟虽然高兴，但这些表演每年都看，也有些索然无味。直到周娥皇出场，终于让李璟眼前一亮。

周娥皇抱着一把琵琶，一边弹奏，一边展喉轻歌，歌声宛若天籁，琴声宛若仙乐，再加上周娥皇倾国倾城的容貌，真的好似巫山神女缓缓降临凡间。一曲完毕，李璟开怀不已，又为周娥皇出神入化的琴技惊叹，立刻命人取来宫中一把珍藏多年的稀世珍品琵琶赐给周娥皇。

这把琵琶名为"烧槽"，据说与三国时期蔡邕的焦尾琴颇有渊源。据陆游在《南唐书》中记载："（周娥皇）通书史，善歌舞，尤工琵琶。尝为寿元宗前，元宗叹其工，以烧槽琵琶赐之。"

当然，传说只是传说，无人知晓烧槽琵琶与焦尾琴是否为同一物。不过无论如何，周娥皇对这把琵琶爱不释手。这果然是一把宝琴，她用纤纤玉指在琴弦上随便拨弄了几下，曼妙的琴声便流淌于指间。席间众人对烧槽琵琶只闻其名，从未见过真容，如今既见到琵琶，又听到周娥皇用其演奏出的音乐，可谓是大开眼界。

从此，这把琵琶见证了李煜与周娥皇之间蜜里调油般的甜蜜，每当李煜填写好一首新词，周娥皇便轻抚琵琶，缓缓吟唱，多少柔情都流淌在词曲之中。几乎每天，周娥皇都要用这把琵琶弹上几曲。她的琴技本就娴熟，如今更是炉火纯青。

皇宫中女子众多，要么只是姿容出众，却内在空空；要么诗书满腹,却姿色平平。像周娥皇这般内外兼修的女子实不多见。她本就有倾城之貌,在装扮上更是独具匠心。有人说,若是放在今日,周娥皇必定会成为实力加偶像派的明星人物。其实在南唐,周娥皇也是万千女子的楷模。

比如,光是在发型和发饰方面,周娥皇就花费了许多心思。她或许不是最早使用假发的人,却是将假发使用得最有品位的古人之一。周娥皇喜欢将一头乌发盘成高高的发髻,可是即便将全部头发都盘上去,依然达不到她想要的高度。于是,她便在真发之上戴上假发,再将珠翠插在假发盘成的云髻上,鬓角簪一朵娇艳欲滴的花,更映得人比花娇。

宫中女子见到周娥皇华贵精美的发髻,争相效仿,到后来,这种高高的发髻甚至流行到宫外,民间贵妇纷纷以梳高髻为美。

除了发髻,周娥皇在服饰上也格外讲究,更喜欢自创一些服装款式。南唐女子的衣裙与唐朝女子相似,都是宽松的襦裙,适应唐朝以胖为美的审美。然而到了南唐时期,女子已渐渐不再追求体态丰腴,尤其是周娥皇天生身量娇小,那种宽大的衣裙穿在身上总让她觉得累赘。

于是,周娥皇突发奇想,想要设计出更能衬托自己苗条身段的衣服。她将原有的襦裙进行了改良,亲自动手裁剪出一款腰间紧束腰带的襦裙，将女子窈窕的身段衬托得淋漓尽致。她还为这款襦裙取了名字，名为"纤裳"。

很快，南唐女子纷纷以身着纤裳为美。穿上纤裳的周娥皇，身段婀娜，娇柔妩媚，与风流俊秀的李煜站在一起，简直堪称一双璧人。

古时女子最大的渴望，无非是嫁得如意郎。周娥皇是如此，宫中其他女子亦是。李煜对周娥皇的宠爱羡煞了世间女子，尤其皇宫中的女子，她们都渴望能获得李煜的爱，哪怕不及周娥皇的万分之一，只要李煜愿意把对周娥皇的爱分给她们一点点，便也足够了。

于是，一个名叫窅娘的宫嫔，便带着与周娥皇分宠的目的出现在了李煜面前。

窅娘本出身贫寒，在入宫之前，是一名采莲女。据说她的母亲是回鹘人后裔，唐末时随西域使臣而来，嫁给了一名江南乡绅，生下了她。

窅娘父亲早逝，她自幼与母亲相依为命。十六岁那年，窅娘被选入宫。从母亲那里继承来的回鹘血统，让她的容貌与南唐女子不同。她天生一头鬈发，鼻梁高挺，眉毛浓密，睫毛纤长，尤其是一双美目，眼窝深陷，一派异域风情。因此，窅娘一入宫，便格外受到关注。李煜听说宫中来了这样一位与众不同的女子，特意单独召见，只觉得那双深陷的眼窝顾盼有情，因此为她赐名

"窅娘",而"窅"字正是眼窝深陷之意。

窅娘善舞,穿上周娥皇设计的纤裳,更显得身轻如燕。她最擅长采莲舞,据说那是根据唐朝诗人王昌龄的《采莲曲》改编而成的舞蹈。曾经李煜看到窅娘跳采莲舞,宛若凌波仙子下凡,情不自禁便吟诵起王昌龄的《采莲曲》。

跳起这支舞的窅娘,仿佛脚踩莲花,凌波之上,摇曳生姿,妩媚动人。她天生一双纤纤玉足,比其他女子的双足小巧精致,跳舞时,她喜欢用帛包足,更显可爱。由此,李煜联想到南朝齐废帝萧宝卷的爱妃潘玉奴,她天生脚小,"柔弱无骨、状似春笋",正是因为这双精致的小脚,她获得了萧宝卷的宠幸。

据说,萧宝卷当年专门为潘玉奴建造了仙华、永寿、玉寿三座华丽的宫殿,用金珠镶嵌墙壁,用白玉铺地,又在地面上雕琢出莲花的形状,上面装饰粉色的美玉。他让潘玉奴赤足在莲花上跳舞,自己则在一旁观赏,还忍不住连连高声喝彩,赞曰"天外飞仙过,步步生莲花"。

没能见到潘玉奴步步生莲的舞姿,是李煜的遗憾。好在他现在有了窅娘,终于有机会一睹女子在莲花上起舞的风韵。于是,李煜命工部用黄金打造了一座六米高的巨型莲台,让窅娘在高高的莲台上为其舞蹈。

周娥皇虽擅长琴技与歌技,却不能像窅娘一样缠紧双足在莲花上起舞。因此,虽然李煜对她的爱没有分毫减少,但自己的丈夫与别的女子相处久了，周娥皇难免黯然神伤。

> 云鬓乱，晚妆残，带恨眉儿远岫攒。斜托香腮春笋嫩，为谁和泪倚阑干？
>
> ——李煜《捣练子令》

那天晚上，李煜又去欣赏窅娘在莲台上起舞，周娥皇独自在寝宫期盼他的出现。她已卸下满头钗环，晚妆也有些凌乱。心上人的身影迟迟未出现，周娥皇眉头紧锁不开，含愁带怨。

不知不觉，周娥皇的眼眶已被泪水盈满，她用一双含泪的美目向寝宫门口凝望，手托香腮，内心的愁怨已清楚地写在了脸上。天色即将入暮，再望也望不见什么了，她起身斜倚在阑干边，满怀失落，无处言说。

然而，就在她以为李煜今晚不会回来的时候，门口却突然出现了李煜的身影。周娥皇惊喜万分，飞奔着扑到他怀里，一语不发，只是流泪。

李煜哪能看不出周娥皇心中的醋味，他笑着抚摸她乌黑的长发，告诉她，自己只是喜欢窅娘的舞蹈而已。在他心中，没人能取代周娥皇的地位。

周娥皇满心感动，缓缓向他倾诉自己刚才的相思之苦。李煜为之动容,提笔将周娥皇思念自己的样子用词记录了下来。

这才是爱情该有的样子,彼此懂得,相互敬爱,纵然生命中出现万般风景,唯有那一抹,才是真正的亮色。

第四章 难忘旧情,难舍新欢

永念难消释

南唐后宫的姹紫嫣红,堆砌出锦绣时节的尾声。宫廷素来是个美女如云的地方,从皇后、嫔妃到宫女,个个容貌出众。君王总有后宫佳丽三千,周娥皇虽贵为国后,终究也无法奢望李煜的专宠。

如果说李煜对周娥皇的爱是宠爱,那么他对保仪黄氏的爱则是敬爱。

这位黄姓女子本是楚国将门之女,父亲黄守忠原是楚国军中将领,在楚国与南唐的战争当中,黄守忠战死,年幼的黄氏被俘虏至南唐,自幼便被送入宫中。

黄氏在宫中一天天长大,容貌渐渐褪去孩童的稚嫩,转为少女的娇媚,也逐渐引起了李煜的关注。相处久了,李煜发现,黄氏不仅貌美,还很聪慧,于是将其封为保仪。虽然位分不高,但李煜却对黄保仪的才华另眼相看。

南唐宫中美貌与才华兼备的女子不多,黄保仪便是其中一个。她擅长书法，李煜又对其悉心指点，很快，黄保仪的字越发精进，相对于女子笔迹的娟秀，更多了一些男子的洒脱。

不知李煜与黄保仪之间的情感是否算是爱情，但至少可以确定，李煜对黄保仪有着绝对的信任，否则也不会将那些自己心爱的书画、珍宝，全部交给黄保仪保管。

然而，周娥皇曾因窅娘的出现而小小地吃醋，却从不介意黄保仪的存在。女人天生敏感，或许她能从李煜的眼神中判断出他对黄保仪的情感，那是一种敬重大于疼爱的眼神。

的确，能像李煜与周娥皇这样举案齐眉的夫妇世间少有，春花秋月、冬雪夏雨，清浅时光里的每一个点滴，都能被他们过成诗。

江南多雨，下雪却是罕见。那一年，金陵下了一场大雪，大片大片的雪花从白日飘到夜晚，依然没有停下来的意思。这样一个雪夜，让李煜和周娥皇夫妇觉得格外浪漫。有些江南人一生都没能见到白雪皑皑的场面，他们何其有幸，能亲眼见到雪花漫天飞舞，那是再多金银珠玉也买不来的美景。

月光被地上的积雪反射得格外明亮，周娥皇因这一场大雪而格外兴奋，毫无睡意。寝宫之中灯火通明，与宫外的月光交相辉映。她正在寝宫中与李煜对坐饮酒，每当宫中有什么喜事、乐事，他们都要这样饶有兴致地庆祝一番。

几杯醇酒下肚，周娥皇有些不胜酒力，却依然兴致盎然。她有些踉跄地起身，稳了稳身形，很快便恢复了轻盈的身姿。她翩然走到李煜身边，依偎在他肩上，撒着娇，让李煜与自己共舞。这样娇憨的周娥皇，最让李煜疼爱，他用哄孩子的口吻说道："你若能创作一支新曲，朕便与你共舞。"

一抹酒醉的嫣红晕染在周娥皇的两腮，眼波流转之间，她嫣然一笑，当即便命下人准备笔墨纸砚。烛光将她坐在桌边的倩影勾勒在窗纸上，窗外的落雪也能欣赏到她手腕轻盈柔美地转动，纸上转瞬间便留下一串串曲谱。很快，一首全新的曲谱便一气呵成。

周娥皇照着曲谱轻声哼唱，李煜觉得此曲音律十分美妙，忙问她这支新曲叫什么名字。周娥皇抿嘴一笑，朱唇微启，轻声说了四个字："《邀醉舞破》。"

这首诞生于金陵雪夜的《邀醉舞破》，很快便从宫里流传到了民间。据说，当时人们对这首曲子的喜爱程度，甚至堪比《霓裳羽衣曲》。

李煜与周娥皇对艺术的喜爱，影响了整个南唐的风气。在当时，南唐堪称一个艺术的国度。若是赶上太平盛世，生活在一个充满艺术氛围的国家，是百姓的幸事。可惜对于日渐衰颓的南唐来说，从国主到百姓，只不过是生活在歌舞粉饰出的太平假象当中而已。

时光如同沙漏，无论幸福或是不幸，都会被沙漏中的流沙带走。人们总是渴望幸福的时光再多停留一刻，可惜光阴残忍，总是步履匆匆，将好不容易得来的幸福都带走。

乾德二年（964年），那是李煜与周娥皇成婚的第十个年头。他们从不觉得彼此已经相伴了这么久的时光，仿佛大婚的喜悦就发生在昨日，每一天都仿佛新婚般甜蜜。而这样的甜蜜，却在不经意间到了终止的时刻。

就在这一年，二十九岁的周娥皇突然感到身体不适。她本以为是偶感风寒，然而宫中太医为她调养了几日，病情竟然越发严重起来。宫中的太医们不敢掉以轻心，聚在一起会诊了几日，更换了几次药方，周娥皇的病情依然不见起色。

李煜眼中的周娥皇，无论是在人前的雍容端庄，还是只在他面前时展露的妩媚娇俏，永远是鲜活的。可如今，躺在病榻上的周娥皇面容憔悴，本就娇小的身躯躺在宽大的床上，更显得如同一片在风中零落的枯叶，单薄脆弱。

这样的周娥皇让李煜既心疼又焦急，他贵为国主，却只能眼睁睁地看着病魔一点点侵蚀着自己的心爱之人。李煜生出深深的无力感。十年相伴，他已经无法想象没有周娥皇的生活会是什么模样。为了让周娥皇早日康复，李煜将自己国主的身份置之一旁，只将自己当成一个疼爱妻子的丈夫，衣不解带地守在周娥皇的病榻前照顾。

心思细腻的李煜生怕周娥皇再遭一点罪，除了亲自端饭喂药,甚至还要把所有饭食和汤药全部亲自尝一遍,才端到周娥皇的面前。无数个夜晚,累极了的李煜就趴在周娥皇的病床边睡去,并且睡得极不踏实,往往只是小憩一会儿,便突然惊醒,赶忙凑近周娥皇身边查看她的状况。

疾病让周娥皇的身体日渐虚弱,大部分时间里,她都是昏沉沉地睡着。在外人看不见的地方,李煜不止一次跪在地上,虔诚地向上天祈祷,祈祷上天仁慈,能把他心爱的人留给他。

夜晚无眠的时候,与周娥皇在一起的美好过往,如同画卷一般在李煜眼前一一浮现。曾经,他以为这是他们之间最寻常的场景,如今想来,就连再看一看周娥皇明媚的笑颜,都已经是奢望。

樱桃落尽春将困,秋千架下归时。漏暗斜月迟迟,花在枝(缺十二字)彻晓纱窗下,待来君不知。

——李煜《谢新恩》

这一首残词后世已无法填补完整,但从仅存的词句中,依然能清晰地读出李煜心情的低落。

樱桃自古便有吉祥、温暖的寓意,汉代君王喜欢用樱桃祭祖,祈求未来充满希望。从那时起,君王们都喜欢在自家园林里栽植一些樱桃树,每到樱桃成熟之时,园林中目之所及之处,随处可见鲜红饱满的果实,鲜艳欲滴。古代帝王与诗人都喜欢写赞赏樱桃的作品,在大多数君王看来,樱桃的丰收与否,已经与运势的兴衰联系在了一起。

周娥皇病重时,正是樱桃落尽之日。李煜失魂落魄地站在樱桃树下,满腹心事。他总是想要将一切美好的事物留住,直到此刻才忽然发觉,无论是美丽的花朵、美味的果实,还是美好的人,都会随着光阴的流逝日渐枯萎。只不过,花与果尚有来年重生之日,而人一旦凋零,便再无归期。

连续几天,李煜为了照顾周娥皇的病放弃了上朝,朝中官员为此怨声载道。在他们看来,国后固然是一国之母,却不能让国主为其放弃朝政。李煜的母亲圣尊后(其父名"泰章",因讳"泰"字而不称太后)也早已对周娥皇不满,她想要的是一个能辅佐李煜治理国家的国后,而不是一个只懂风花雪月,陪着李煜沉溺于音乐与诗词当中的才女。

朝臣纷纷来向圣尊后表达自己对国后的不满,圣尊后突然觉得,与其让周娥皇继续陪着李煜不务正业下去,不如就让她病死,换一个更合格的国后。

周娥皇的娘家人听说她病重的消息,焦急万分。只是后宫并不是能随意出入的地方,就连国丈周宗都不能随意看望自己的女儿。周家几次上书,恳请探望重病的周娥皇,最终,圣尊后只允许周家最小的女儿(其名不详,有史学家考证名为周嘉敏,字女英，但存在争议，本文中用 "周女英"代称）进宫为姐姐侍疾。

　　李煜上一次见周女英时，她还是一个五六岁的孩童。如今再见，周女英已经是一名十五岁的少女，亭亭玉立，活泼明丽，早已不复当年稚嫩的模样。不知为何，李煜觉得心头连日来的阴霾，忽然被周女英明媚的笑容驱散了。他隐隐有种预感，自己与这个天真活泼的小姑娘之间，或许注定有故事将要发生。

无泪可沾巾

爱情最是无法说清道明。那是一种缠绵于心底的情愫,一旦绽放,整个心田都弥漫着甜蜜的芬芳。

周娥皇与李煜相伴十年,从十九岁到二十九岁,那是一个女子人生中最美好的年华。李煜自认不曾将周娥皇的年华辜负,他给了她专房之宠,虽贵为一国之君,却给了身为国后的周娥皇如同寻常夫妻般的爱情。

他们是夫妻,更是知己,可以把酒言欢,一同吟诗作乐。李煜最爱周娥皇的舞,在起舞时,周娥皇的容貌与身姿,宛若九天仙女降临凡尘,让李煜看得如痴如醉。

可是,自从周娥皇生病之后,李煜再也没能见到她昔日容光焕发的模样。她的容颜一日比一日憔悴,精神也一日不如一日。疾病时常让周娥皇陷入昏睡中,看着躺在病床上的周娥皇,李煜从她的身上感受不到一丝生气。她就像一个随时等待死神宣判的生命,仅靠最后一口气,在生与死的边缘盘桓。

这样的周娥皇，让李煜心疼，也让他不忍直视。渐渐地，他不敢再与周娥皇靠得太近，仿佛每近她一寸，都能更清楚地听到生命从她体内流逝的声音。

见不到周娥皇的日子，李煜便把自己沉浸在思念之中。这样也好，至少记忆中的周娥皇还是曾经鲜活的模样，李煜可以欺骗自己，当她依然好好地待在自己宫里，就像从前一样。

自从周女英入宫，李煜心底那几乎被熄灭的爱情火苗，忽然又被撩拨得旺盛了起来。从周女英的身上，李煜依稀能看到周娥皇曾经的模样。周女英虽年幼，却神采端静，警敏有才思。就是这一点点的稳重，立刻让李煜觉得站在自己面前的就是少女时期的周娥皇，他似乎觉得，这是上天不忍他因失去爱妻而心痛，于是便又赐予他一个与周娥皇几乎一模一样的人。

这样的人，让李煜怎能不动情？他与周娥皇十年夫妻，十年恩情，每一分情都是真切的。若这段情因周娥皇的死而戛然而止，李煜的心便像被掏了一个窟窿，深重的爱意再也无处安放。

周女英的出现，让李煜对周娥皇的爱终于得以延续。当然，周女英本就是无比美丽的，即便没有周娥皇的存在，也很难让人不为之心动。于是，李煜将存续在心中的爱逐渐转嫁到周女英身上，他觉得，每当自己将感情转嫁到周女英身上更多，心底的轻松感就会越发强烈。渐渐地，如此美妙的感受，令李煜沉沦。

一看到周女英明媚的笑颜，李煜的心底便蔓延出甜丝丝的味道。在新欢与旧爱之间,李煜无法取舍。偶尔,他也会突然意识到,周女英并非周娥皇,爱周女英越多,他对周娥皇的愧疚便越多。然而,他虽珍惜与周娥皇的十年夫妻情,却也舍不得风华正茂的周女英。

就连面对感情,李煜都是优柔寡断的。这种个性最是伤人,自古至今,任何一段爱情,都容纳不下第三个人。

周娥皇的病迟迟不见起色,李煜为了让周女英陪伴姐姐,精心挑选了一座幽静的居所让她居住,就位于瑶光殿别院的画堂。

不仅李煜青睐开朗的周女英,就连圣尊后也一下子就喜欢上了这个率真的小女孩。十五岁的周女英,正是情窦初开的年纪,自从见到风流倜傥的李煜,一颗少女心便开始萌动。她喜欢宫里的一切,尤其喜欢和李煜在一起。她还没有奢望能成为陪伴李煜一生的女子,只是觉得每天能见到他,和他说说话,便心满意足了。

而李煜也时不时便要来探望周女英。就连他自己都没有发觉,他陪伴周娥皇的时间已经越来越少了。病中的周娥皇并没有意识到李煜情感天平的倾斜,她向来懂事,不愿因为自己的病让李煜耽误朝政。每次李煜匆匆离开,周娥皇反而有些欣慰,以为李煜终于肯在朝政上多花些心思了。

她并不知道,李煜匆忙的脚步,是奔向周女英的居所。那一日中午,李煜又像往常一样,简单看望过周娥皇,便急着赶去画堂。思念太盛，李煜觉得从国后寝殿到画堂的路竟然如此漫长，恨不得一下子就能飞过去，立刻见到周女英灿烂的笑颜。

好不容易来到画堂门口，李煜发现两名宫女守在门口，画堂里面静悄悄的。两名宫女一面慌忙向国主行礼，一面想要去画堂里面通报。李煜忽然起了顽皮的心思，示意宫女不要出声，一个人悄悄走进了画堂。

周女英刚刚用过午膳，此时正在午睡。李煜一进画堂，便看到一幅美女沉睡图，那样沉静，那样美好。天气有些热，周女英只穿了一件轻薄的睡衣，被子也没有盖好。一头乌黑的长发被她随意地绾成两个发髻，因为睡得太熟，几丝碎发垂在枕畔，一副慵懒娇憨的样子。

她丝毫没有觉察到李煜的到来，依然毫无防备地熟睡着。她的肌肤如同凝脂般光滑雪白，透过薄薄的睡衣，被李煜尽数收入眼底。这个样子的周女英让李煜看呆了！李煜不知不觉放缓了呼吸的节奏，生怕自己的呼吸声打破此时的静谧，破坏眼前的美好。

李煜只觉得房间里的空气都是甜丝丝的，不知周女英在睡前点了什么香，又或许，这就是少女身上独有的甜蜜香气。

他尽量控制着呼吸的节奏，却无法控制已经乱了频率的心跳。理智与情感在他脑子里反复纠缠，一会儿是理智占了上风，告诉他，躺在那里的是妻子的妹妹，不可亵渎；一会儿情感又占了上风,如此美好的可人儿,哪个男人能不心动?

　　李煜丝毫没有意识到,自己的视线一刻都没有从周女英脸上离开,更不知道自己的脚步什么时候开始不由自主地移动,竟然朝着周女英的床畔缓缓走了过去。直到不小心碰响了珠帘,李煜的意识才突然惊醒,珠帘的声响也将沉睡中的周女英唤醒。

　　一睁开眼,便看到一个男子站在床边,周女英先是吓了一跳,直到看清那人是谁,她又赶忙起身行礼。一向沉稳的李煜此时却有些慌乱,仿佛一个犯错的孩子被抓了现行,突然手足无措起来。他想立刻转身走出去,又觉得这样有些欲盖弥彰。可是站在原地不动,好像又是在默认自己刚刚就是在偷看周女英沉睡的样子。

　　他好不容易让自己看上去镇定一些,脸上的笑却依然尴尬,想要扶起向他行礼的周女英,却碍于礼数,只说了句:"小妹不必多礼。"

　　周女英意识到自己只穿着单薄的睡衣,不免有些羞涩,一抹红晕在脸颊晕染,看得李煜越发痴迷。他目送着周女英去屏风后面更衣,身着一身绿色衣裙的周女英再次出现,又是一种别样的风姿。

　　周家的女儿自幼饱读诗书,周娥皇才艺双绝,周女英也不逊色。虽然周女英只有十五岁,但言行举止已有了富贵人家小姐的气质,那是寻常人家培养不出的气韵。这样才貌双全、风华正茂的女子，怎能让李煜不心生疼爱？

当年，一目重瞳的帝舜娶了娥皇、女英姐妹，李煜忽然觉得似乎是冥冥之中早已注定，同样也是一目重瞳的他，或许也有享受姐妹共侍一夫的命运。当李煜试探着向周女英讲起这个典故时，周女英竟然毫无抗拒之意，反而面露羞涩，这等于是在向李煜表白，告诉他，她对他也有爱意。

和周女英在一起时，李煜并没有忘记躺在病榻上的周娥皇。可一个人的精力实在有限，新欢、旧爱总是无法兼顾。他本就是一个喜欢与美好事物亲近的人，或许根本无须过多权衡，李煜便决定留在周女英身边。

李煜和周女英一起从下午待到晚上，直到用过晚饭，李煜才意犹未尽地离开画堂。这一次，他没有去周娥皇的寝殿，而是直接来到书房。他要用一首词记录下与周女英共度的美好时光：

蓬莱院闭天台女，画堂昼寝人无语。抛枕翠云光，绣衣闻异香。
潜来珠锁动，惊觉银屏梦。脸慢笑盈盈，相看无限情。

——李煜《菩萨蛮》

这是李煜送给周女英的礼物，他知道，像周女英这样聪慧的女子，一看便知词中缠绵的情意。"相看无限情"，多一字则太多，少一字则太少，四目相对，自有无限柔情，他知道，她一定懂。

情感若表达得太过直白,便失了朦胧的美好。像李煜这般以词传情,轻而易举便叩开了周女英少女的心扉。那个晚上,周女英的梦都是清甜的。她无比期待第二天早些到来,那时候就又能和李煜厮守。

新欢的笑颜,总是建筑在旧爱的眼泪之上。周女英忘了,姐姐对李煜是如何深情,如果周娥皇知道他们之间的爱意,该会何等伤心。

李煜虽然也渴望与周女英长相厮守,但毕竟碍于国主的身份,受礼法的约束,不能光明正大地在外人面前表露自己对她的情感。为了制造与周女英见面的机会,李煜特意命人举办了一场宫廷宴会。

曾经的宫宴,陪伴在李煜身边的一定是明艳动人的周娥皇。可此时的她,已经在病榻上缠绵了许久,就连起身都无比吃力。她的生命已经渐渐凋残,宫宴上的笙歌欢笑,映衬着她的悲伤寂寥。她似乎已经预感到,人间的欢愉,很快就要与她无关了。

周女英在酒宴上欢快的笑颜,与周娥皇的病容形成了鲜明的对比。为了这场宫宴,周女英精心装扮了自己。她知道自己最适合绿色,姐姐亲手设计的纤裳,被她穿出了青春的味道。

在李煜眼中,宫中所有女子在周女英面前都黯然失色。周娥皇与周女英从小学习音律和乐器，一个擅长琵琶，一个擅长吹笙。那一晚，整个皇宫都是周女英的舞台，她落落大方地站在众人面前，纤纤玉手将一支笙轻轻送到唇边，朱唇轻启，唇边便飘逸出一阵天籁。

李煜的脸上呈现出骄傲的神色，如此才貌双全的女子是属于他的，她的一整颗心都牵系在他身上。一曲吹罢，周女英注意到李煜痴迷的眼神，她娇羞地低下了头，模样那样让人爱怜。李煜多想一把将她搂在怀里，好好地呵护。可惜众目睽睽之下，他们只能眉目传情。

直到看到周女英独自走出宫宴大厅，李煜才终于按捺不住，追了出去。借着酒劲，李煜终于鼓足了勇气，在僻静无人之处，他郑重起誓："朕一定会娶你入宫，让你像你姐姐一样，光明正大地陪在朕身边。"

君无戏言，李煜的承诺给了周女英一颗定心丸。他们终于再无顾虑，抛开所有牵绊，向彼此迈近了一大步。

空有当年旧烟月

爱情的禁果一旦初尝，便会滋生越发浓烈的思恋。这是年轻的周女英第一次体会到爱一个人的滋味，生命中的每一分每一秒都被对李煜的思念占据。只要一闭上眼睛，李煜那张温柔俊朗的面容便会出现，他温柔的声音仿佛就在耳边回荡。

李煜又何尝不是同样思念周女英？他们虽住在同一座王宫，却不能光明正大地朝夕相处。没有周女英陪伴时，李煜只能用诗词回味二人共处时的甜蜜：

> 铜簧韵脆锵寒竹，新声慢奏移纤玉。眼色暗相钩，秋波横欲流。雨云深绣户，来便谐衷素。宴罢又成空，梦迷春睡中。
>
> ——李煜《菩萨蛮》

前几日的宫宴上，吹笙的周女英让李煜那样钟情和迷恋。周女英吹奏的音乐是周娥皇谱成的，音乐美妙动听，吹笙的人却比乐声更美。光是看她捏住笙管的纤纤玉指，就已足够让李煜动情。

吹笙时的周女英，时不时会将视线落在李煜脸上，或许是因为李煜心中有情，他觉得周女英看向自己的眼神也是含情脉脉的。那时的周女英，已经知晓李煜对自己的情意，她看向李煜的眼神是大胆的、直白的，毫不掩饰地向他表露着自己的情思。

万般柔情蜜意，只能在眼神间流淌。宫宴上人多眼杂，李煜不能光明正大与周女英亲近。一想到宫宴结束，两人又要各自返回居所，相思成空，李煜更生出春光苦短的遗憾。

他与周女英相见恨晚，很多个夜晚，他们只能在彼此的梦中相会，却不能尽欢。一旦梦醒，相思不得，又辗转难眠。一个"空"字，盛满了相爱之人不能相守的失落。

或许正是因为不能光明正大地朝夕相守，李煜才更觉得这样的爱情充满刺激。起初，与周女英在一起时，李煜还会因为冷落了病重的周娥皇而愧疚。久而久之，这样的愧疚之情，被对周女英浓烈的爱彻底冲散了，身处于爱情的甜蜜之中，李煜心安理得。

渐渐地，周女英也忘记了自己进宫的初衷。与李煜的爱情越是浓烈，她越是不敢面对姐姐。她还是女孩子心性，并不是怕看到姐姐眼神里流露出的痛心，只是害怕遭到姐姐责骂而已。

身处同一座宫廷之中，姐妹二人的感情却日渐疏远。女人天生敏感，李煜任何一丝细微的变化都逃不过周娥皇的眼睛。因为她的病，李煜一度愁眉不展，可渐渐地，他的愁容不见了，整个人容光焕发。周娥皇知道，李煜的身边一定有了新人。只是她并不知道这个新人就是自己的亲妹妹。

直到那一日，周女英又来探望姐姐，刚巧赶上李煜也在，两人表面上以礼相待，那份流淌在心底的情愫却是隐藏不住的，不经意间，被周娥皇看了个通透。

那一刹那，周娥皇终于明白了李煜近日快乐的源头，也明白了宫中近日传唱的那些唱词，是李煜为谁而作。被最亲的人夺走了最爱的人，仿佛一把钝刀硬生生戳进心口。那撕裂的疼如此分明，她只能眼睁睁地看着心口血流如注，却无法自我拯救。

李煜离开之后，周娥皇拉着周女英的手，让她看着自己的眼睛，问道："你对国主，是不是动了情？"周女英心中有愧，不愿对姐姐说谎，只是愧疚地点了点头。周娥皇痛苦地仰起头，闭上了双眼，两行滚烫的泪顺着脸颊流下。

过了许久，周娥皇才睁开眼睛，眼神中竟带了几丝期许，问道："那国主对你呢？"她多希望从妹妹口中听到，李煜对妹妹毫无动心，只是妹妹一厢情愿而已。然而，周女英却一语不发，将头埋得更低。

无须言语，周娥皇已明白了一切。他们之间郎有情、妾有意，并且这种情意绝不是刚刚萌生的，而是已经在心底酝酿了许久，终于开始破土绽放了。

周娥皇觉得自己的指尖都是冰凉的，一颗心仿佛堵在喉咙口，身体不受控制地颤抖起来。她本就虚弱，此刻竟是连坐都坐不住了，一头栽倒在床上。

自己从小宠到大的妹妹，竟然抢走了自己的爱人。伤心、失望、挫败感、不可思议……种种情感堆积在周娥皇的心口，险些令她窒息。她知道自己病容憔悴，已经很久都不敢照镜子了。如今看到健康美丽的妹妹，周娥皇忽然自惭形秽。

周娥皇觉得自己输了，输给了自己的亲妹妹，并且输得那样彻底。她侧卧面向里面，紧闭双眼，任由眼泪打湿枕头，再也不肯回头看周女英一眼。周女英自知有愧，默默退了出去。她找到了李煜，将刚才发生的事情如实相告，李煜一面安慰周女英不要放在心上，一面又压抑不住自己心中的忐忑。

他心中的愧疚丝毫不比周女英少，却不能像周女英那样一味躲避。知道周娥皇因此事而病情加重，李煜急匆匆赶去探望。可是，周娥皇留给他的，同样是一个背影，从李煜进门直到离开，都不肯转身见他一面。

爱得越深，伤便越痛。周娥皇被李煜和周女英伤透了心。人一旦心死了，便不再有求生的意志。她的病情开始越发重，每天清醒的时候极少。两个年幼的儿子自从母亲生病，每天焦急不安。尤其是次子仲宣，这个只有四岁的孩童竟然学着大人的样子去佛堂里拜佛，祈求佛祖能让母亲早日康复。

那一天，小仲宣又去佛堂替母亲祷告，不知从哪里突然蹿出来的一只大猫，撞上了佛堂屋顶悬挂的琉璃灯。琉璃灯豁然落地，发出巨大的声响，正在虔诚祷告的小仲宣被惊吓得半天没有缓过神来，甚至连哭都没有哭一下。

宫人们赶忙把小仲宣抱回寝殿，他一路上都是愣愣的，一语不发。到了晚上，小仲宣突然发起了高烧，太医们诊断是惊吓成疾，本以为好好休养就能康复，没想到他的病却越来越重，太医们想尽办法依然束手无策。乾德二年（964年）十月，四岁的小仲宣离开了人世。

猝不及防的丧子之痛让李煜痛不欲生，他曾经对小仲宣寄予厚望，期待有朝一日将南唐江山托付给他。短短四年，他还来不及好好看看小仲宣一天天长大的模样，便已天人两隔。

李煜是父亲，也是国主，不能因为儿子的死表现得过度伤心。他只能强忍泪水，将一腔悲伤融入诗句：

永念难消释，孤怀痛自嗟。
雨深秋寂莫，愁引病增加。
咽绝风前思，昏濛眼上花。
空王应念我，穷子正迷家。

——李煜《悼诗》

一首诗远不足以表达李煜的丧子之痛，于是他再次提笔，又为儿子写下一篇祭文：

……呜呼！庭兰伊何，方春而零；掌珠伊何，在玩而倾。珠沈媚泽，兰陨芳馨；人犹沮恨，我若为情？萧萧极野，寂寂重扃。与子长诀，挥涕吞声。噫嘻，哀哉！

都说孩子是母亲身上掉下的肉，对于父亲来说又何尝不是？小仲宣就是李煜的一块心头肉，如今生生被剜下，只有他自己才知道那痛的滋味。一句"与子长诀，挥涕吞声"，远远不足以表达他无法言说的锥心之痛。

在周娥皇面前，李煜还要装出若无其事的样子。可母子连心，发现小仲宣一连几天没有来看望自己，周娥皇便已经预感到出事了。她问过李煜很多次，李煜却总是顾左右而言他，实在问急了，李煜便眼眶泛红，转头不语。

周娥皇心底不祥的预感越发强烈，趁李煜不在，她从宫女口中逼问出实情。得知小仲宣死讯的刹那，周娥皇一下子昏死了过去。

接二连三的打击，加速了周娥皇生命的凋零。她陷入长久的昏迷，李煜再一次衣不解带地陪在她身边，即便如此，依然无法挽留她的性命。

乾德三年（965年）十一月二日，周娥皇忽然从昏迷中醒来。她的精神看上去格外好，可她自己知道，这一定就是人们常说的"回光返照"了。

意识到自己将不久于人世，周娥皇不敢浪费时间。她将李煜叫到床边，拉着他的手，尽量牵扯起嘴角，露出一抹憔悴的笑容，说道："婢子多幸，托质君门，冒宠乘华，凡十载矣。女子之荣，莫过于此。所不足者，子殇身殁，无以报德。"

之后，周娥皇命宫女取来与李煜的定情之物——约臂玉环，还有当年李璟赏赐的那把烧槽琵琶，一同还给了李煜。最后，又命宫女取来纸笔，颤抖着写下三个字："请薄葬。"

此生，她便要这样与李煜永诀了。李煜抱着周娥皇泣不成声，却感觉她在自己怀里渐渐冰冷。周娥皇就这样去了，带着满腔的怨与恨。李煜再也无法弥补自己对她的伤害，唯一能做的，便是最后一次亲手替她梳妆。

周娥皇是个喜欢整洁的女子，她干干净净地来到这个世间，如今，便让她干干净净地去吧！

相看无限情

短短二十九年，便历尽人世间喜乐悲欢。周娥皇享受过世间绝大多数女子都不曾拥有的尊贵，也体会过人世间最美的爱情。或许，她的人生算得上充实的，只可惜，并不圆满。

临终前，她恳请李煜薄葬自己，那是她最后的懂事。也可能，她是在借用这样的方式，最后一次激起李煜对自己的愧疚。周娥皇知道，自己死后，南唐一定还会有新的国后，她的儿子仲寓会处于尴尬的境地。她仅有的可以保护儿子的武器，便是李煜对她的愧疚。李煜也许会因为愧对仲寓的母亲，而给仲寓多一些疼爱，这样儿子才能平安地活下去。

不知李煜明不明白周娥皇作为母亲的用心良苦，他只知自己的确是愧对周娥皇的，又怎么可能薄葬她？一场隆重的葬礼，是李煜能给予周娥皇的最后的尊严。只可惜，人已死，那所谓的尊严不过是做给活人看而已。

执子之手，与子偕老。那是新婚时李煜对周娥皇的承诺，不知如果周娥皇没有生病,这样的承诺能否坚守到最后。

周娥皇死后,南唐宫廷变成了一片素白的世界。不仅人人身着丧服,就连守门的石狮子都披上了白布。笃信佛教的李煜请了许多僧人为周娥皇超度,希望她来生不再痛苦。

失去才知可贵,周娥皇彻底离开了李煜的生命,当他意识到这一点,便陷入无边的悲痛之中。他不再计较国主的尊严,整日以泪洗面,人也迅速消瘦下去。他们之间有太多回忆,曾经为周娥皇创作的那些诗词,如今字字句句都能刺痛李煜的心。

曾经,李煜只要下朝,第一个要去的地方便是周娥皇的寝宫。一次,李煜在寝宫外远远便听到琵琶声传来,那是只有周娥皇才能弹出的动人旋律,他不需细看,只凭想象便知道,周娥皇的纤纤玉指拨弄起琵琶弦是多么迷人。

优美的乐声让李煜不忍心打断,他站在门口听了许久,直到一曲弹完,李煜才踏入宫门。周娥皇正专注于曲谱之中,尚未梳妆,却已经美得不可方物,一头乌黑的长发垂在肩上,仿佛降临人间的仙子。

李煜爱屋及乌,因为宠爱周娥皇,便也喜爱那把烧槽琵琶。她和它仿佛天生就是一体的,才能产生如此动听的旋律。李煜拿起笔,在烧槽琵琶的背面留下了两句诗:

侁自肩如削,难胜数缕绦。

周娥皇看到这两句诗,捧着烧槽琵琶爱不释手。因为害怕墨迹被她弹琵琶时不小心擦掉,她便特意请来能工巧匠,将这两句诗按照李煜的笔体刻在了琵琶上。

她对李煜的一举一动、一言一行都是那样在意,可李煜终究是将她的一番深情辜负了。

如今,琵琶犹在,弹琵琶的人却不在了。周娥皇临终之时,特意将烧槽琵琶还给了李煜,李煜此刻终于明白周娥皇与自己诀别之意。睹物思人,怀念起周娥皇生前弹琵琶的样子,李煜顿生思念之情。他再次提笔,将琵琶背上的那两句残诗补全:

侁自肩如削,难胜数缕绦。

天香留凤尾,余暖在檀槽。

——李煜《书琵琶背》

周娥皇生前最喜爱的东西,大多承载着她和李煜之间甜蜜的回忆。新婚时,李煜曾送她一只约臂玉环,那是他们的定情信物。周娥皇离世前,已认定她和李煜之间情已逝,那还要定情信物何用?可李煜执意要把约臂玉环和烧槽琵琶一同放进周娥皇的梓官,陪她一同下葬。他希望周娥皇能再戴着约臂玉环,用烧槽琵琶弹一曲《霓裳羽衣曲》,入梦与他重逢。

丧子与丧妻之痛让李煜思念成疾,他重病了一场。生病期间，李煜觉得茫茫天地之间仿佛只剩下他孤独一人，拖着一个悲伤的灵魂，茫然无目的地前行。愁病交加，无处排遣，此时的人生，对李煜来说是那样煎熬，他不知何时才能解脱。

憔悴年来甚，萧条益自伤。风威侵病骨，雨气咽愁肠。
夜鼎唯煎药，朝髭半染霜。前缘竟何似，谁与问空王。

——李煜《病中感怀》

一层伤感的云雾笼罩着李煜，他觉得自己此刻的生活是萧条的。昔日有妻儿相伴，如今就连周女英也离宫回家，病中的他越发觉得冷清，甚至有些厌倦这样的生活。

生病让人憔悴，他也在一年一年地老去，憔悴也就一年更胜一年，让他怎能不伤感？李煜的病是因愁而生，愁情又让病情甚笃。病骨加上愁肠，让他感觉秋风格外寒，秋雨格外冷。

宫中的宝鼎除了煎药，已经别无他用了。那一日揽镜自照，李煜惊讶地发现，自己不知何时连胡须都有些白了，这让他哀戚更甚。

愁病交加，李煜无处排遣，只能向佛祖求助。从前的他就曾想遁入空门，以此获得解脱。如今身在国主之位，就连自己作主遁入空门的资格都没有了。

万般悲痛之时，李煜多想回到从前——周娥皇还能陪在他身

边,弹一曲《霓裳》,轻歌曼舞,两个儿子在一旁无忧无虑地玩耍,这才是幸福。如今,只有借两首悼亡诗,他才能稍稍纾解悲痛:

珠碎眼前珍,花凋世外春。未销心里恨,又失掌中身。
玉笥犹残药,香奁已染尘。前哀将后感,无泪可沾巾。
——李煜《挽辞》其一

艳质同芳树,浮危道略同。正悲春落实,又苦雨伤丛。
秾丽今何在,飘零事已空。沈沈无问处,千载谢东风。
——李煜《挽辞》其二

从诗里可以读出,遭遇死亡的悲痛与独自存活的哀伤,几乎打垮了李煜。"珍珠"是爱子仲宣,"春花"是妻子周娥皇。曾经,爱子绕膝,妻子美丽,此刻,他们都已"珠碎""花凋",成了李煜的"心里恨"。

周娥皇的寝宫内,依然弥漫着浓浓的药味,她曾经最爱的妆奁已蒙上薄薄的灰尘,此情此景,都在提醒着李煜斯人已去。痛彻肺腑的李煜,已流不出眼泪,那深重的悲痛,也无处宣泄。他心中一片凄风苦雨,惨淡无奈。花谢还能再开,人去却不能复返,无论生前有多少珍爱、欢乐,死后也只剩眷恋与回忆,再无重逢之日。

如今已是春日,东风又吹绿了树,拂红了花,也讥讽着李煜的无奈。他多希望春风千载都不要再来,只要他还活着,每一年的春色都会勾起无限的回忆与哀伤。

两首《挽辞》,还不足以表达李煜的哀伤与思念,他又作诗两首以抒怀:

又见桐花发旧枝,一楼烟雨暮凄凄。
凭阑惆怅人谁会?不觉潸然泪眼低。

——李煜《感怀》其一

层城无复见娇姿,佳节缠哀不自持。
空有当年旧烟月,芙蓉城上哭蛾眉。

——李煜《感怀》其二

开放的桐花触动李煜的情思,去年赏桐花时,周娥皇还陪在他身边,依偎笑语,情意绵绵,那样快乐温馨。如今还是那棵桐花树,开出同样绚烂的一树花,身边相依共语的赏花人却不见了。

黄昏时分,满天雨丝伴随着暮气降临,如同在人间笼罩一层烟雾,这烟雾也缭绕在李煜心头。他身处楼台,目之所及,都是湿漉漉、沉甸甸的。此刻的哀伤，也只有他自己才能感受。他独自悲伤着，除了流泪，没有言语可以表达。

偌大的宫殿变得空荡荡的，虽然身边还有宫娥侍女簇拥着，李煜还是觉得孤独。暮色渐渐褪去，雨丝渐渐止住，明媚的月色笼罩着南唐大地。从前，只要有这样美好的月色，周娥皇一定会拉着李煜一起欣赏，对月吟诗赋词，何等甜蜜。如今，月色越美，越能摧残李煜这颗孤寂的心。又到了节日，本应是团圆的时刻，孤独的李煜再也控制不住自己的情感，终于在节日之际大放悲声。

伴着眼泪，他将这些诗稿在周娥皇灵前焚化，一同焚化的，还有他写给周娥皇的一篇祭文——《昭惠周后诔》。

洋洋洒洒千余字的祭文，李煜竟不知不觉用了十四个"呜呼哀哉"，可见他的丧妻之痛已噬心蚀骨。此刻的他，已不是国主，而只是一个失去了妻子的男人。于是，在祭文的落款处，李煜只写了三个字——"鳏夫煜"。

暑往寒来，瑶光殿西边的梅花又开了。李煜和周娥皇都是极富雅趣之人，总是努力营造出优美的生活氛围。就在周娥皇去世的前一年，一次兴之所至，他们将梅花移植到瑶光殿西边的"曲槛小栏边"，因为担心梅花活不了，他们还特意为梅花牵开了又长又宽的美丽步障，还披星戴月不辞辛劳地给梅花灌溉泉水，就是为了等梅花盛开时，夫妻二人能一同欣赏他们亲手培育出的芬芳。谁料想，到了花开时节，本该是他们夫妻一同享乐的时候，

"蛾眉"却不在了。

李煜再一次将自己的悲伤写成诗,烧给周娥皇:

殷勤移植地,曲槛小栏边。共约重芳日,还忧不盛妍。
阻风开步障,乘月溉寒泉。谁料花前后,蛾眉却不全。

——李煜《梅花》其一

失却烟花主,东君自不知。
清香更何用,犹发去年枝。

——李煜《梅花》其二

李煜尚未从失去周娥皇的悲痛中走出来,朝中臣子们便开始提议纳新国后的事情。大部分臣子都觉得周女英是最合适的人选,她与周娥皇同样出身尊贵,同样才貌双全,却比周娥皇更年轻、更健康,更适合为李煜绵延子嗣。圣尊后也倾向于让周女英成为南唐的新国后。

可是李煜此时对周女英的情感却有些复杂。他和周女英的爱情,加速了周娥皇的死亡,李煜因此愧疚不已。但他又是真心爱着周女英,希望能娶她,给她一个尊贵的名分。

他还记得,自己曾经与周女英约在画堂南畔的移风殿私会时,周女英的急迫之情——

周女英从白天就开始盼着太阳早些下山,还为自己精心打扮了一番,就盼着与李煜约会的时间早点到来。

更漏声催得周女英无比心焦,她觉得仿佛等了一生那么久,才终于等到约定的时辰。夜色已经降临,因为怕被发现,她刻意放轻了脚步,小心翼翼走出画堂。直到将画堂大门轻轻掩上,她才终于按捺不住内心的兴奋,放开脚步向移风殿跑去。刚跑了两步,周女英突然停了下来。夜晚如此寂静,放大了她的脚步声。吓得花容失色的周女英赶忙将脚上的金缕鞋脱了下来,提在手上,这才继续跑向移风殿。

她是那样期待与李煜相会,不由得加快了脚步,直跑得气喘吁吁,终于到了移风殿的门口。李煜早就等在那里,周女英顾不上平缓一下呼吸,便一头扎进李煜的怀里,让李煜猝不及防拥了个满怀甜蜜。

那一夜分别之后,周女英可爱的模样就深深地烙印在李煜心底。他觉得她的一切都是美好的,无论是微笑还是皱眉,都让人疼爱。回到书房,李煜铺纸研墨,将她的一颦一笑都记录在词中:

花明月暗笼轻雾,今宵好向郎边去。刬袜步香阶,手提金缕鞋。
画堂南畔见,一向偎人颤。奴为出来难,教君恣意怜。

——李煜《菩萨蛮》

与周女英的缠绵像一场美梦,周娥皇的死又像一场噩梦,身处美梦与噩梦交替之中的李煜,只能用诗词排遣心中的愁绪。他的身边有后宫佳丽三千,却没有一人能读懂他的心。

词人的眼泪,是缱绻缠绵的。李煜的眼泪为周娥皇的死而落,此时的他并不知道,风雨飘摇的南唐江山,以及他自己未来多舛的命运,还将无数次让他落泪。

第五章

不剪相思，不剪离愁

黄泉碧落，人生难全

多少次午夜梦回，周娥皇笑语盈盈，与李煜重温昔日的浪漫。然而每一次，她又是猝不及防便从梦中消失，李煜好不容易寻回的些许安慰戛然而止，即刻惊醒，泪水早已打湿枕巾。

他多希望沉浸在梦中不要醒来，至少梦中还能见到周娥皇鲜活的样子，醒来却只能看到空荡荡的灵堂，里面供着一座孤零零的牌位。

那一日，李煜在祭奠周娥皇的灵筵上看到一条熟悉的素巾，那是周娥皇生前常用之物。他情不自禁将那条素巾捧在手里，依稀还能闻到周娥皇生前最喜欢用的香膏味道，仔细看去，素巾上还有点点斑痕，那是周娥皇生前画眉用的黛烟留下的痕迹。

灵筵的氛围本就让人伤心，周娥皇的生前旧物更让李煜睹物思人。

浮生共憔悴，壮岁失婵娟。

汗手遗香渍,痕眉染黛烟。

——李煜《书灵筵手巾》

他以为,自己能与周娥皇相伴到白头,从未想过她的生命竟如烟花般短暂,让他正值壮年便失去了相依相爱的人。

痛失爱妻和幼子之后,李煜才忽然意识到人生的虚浮无定,难以把握。可是,不管他愿不愿意,他都必须继续独自活下去。对他而言,活下去,已经成了一种无奈。

余下的人生,因为少了周娥皇的陪伴而显得漫长寂寥,李煜不知道自己该如何走下去。他忽然将手中的素巾紧紧攥住,仿佛能从周娥皇的生前旧物中汲取一些活下去的力量。

这条素巾见证过周娥皇的汗水与泪水,周娥皇也曾用它轻轻遮在嘴边,挡住自己的盈盈笑意。她生前经常像李煜现在这样,把素巾紧紧攥在手中,就是这样的动作,才让素巾沾染上她手心的汗,留下点点斑痕。

唯有与周娥皇真心相爱之人,才能将她生前使用的物件观察得如此细致。因为这条素巾,李煜再次提笔为周娥皇写悼亡诗,可是只写了个开头,便再也写不下去了。他有满腹言语,此刻却突然觉得无法言说,当悲伤到了极致,便失去了倾诉的能力。

长日的思念,让李煜百无聊赖。那日中午,他倚在窗边昏昏睡去,一觉醒来,天已黄昏。李煜做了一个梦,梦见了他和周娥皇当年欢爱之情，可梦醒后，一切都成空。

永远究竟有多远？最远也不过是一个人的一生。周娥皇的人生戛然而止，她实现了自己的诺言，对李煜的爱延续到了永远。而李煜呢？无论他的人生还有多长，都再也没有机会给周娥皇永远的爱了。

> 秦楼不见吹箫女，空余上苑风光。粉英金蕊自低昂。东风恼我，才发一衿香。
> 琼窗梦□留残日，当年得恨何长！碧阑干外映垂杨。暂时相见，如梦懒思量。
>
> ——李煜《谢新恩》

这是李煜第二次"恼东风"，其实也是源于他无力挽留周娥皇生命的无奈与挫败感。身边少了一个共同赏景的人，再美的春色他也无心欣赏。东风却偏偏不能善解人意，吹开满苑春花，让李煜这个伤心人染上一身花香，零落一地忧伤。

当年的情形虽然美好，时光却再也不能倒回。或许是因为爱得短暂，所以才尤为深刻。无论如何，周娥皇的死都是让李煜生恨的，既恨命运的残忍，也恨自己的辜负。那恨意无法可解，深刻而悠长。越思量，越痛苦，李煜多希望自己能够不思量。

与李煜一样痛苦自责的，还有周女英。她没能克制自己对李煜的爱意，伤透了姐姐的心，以至于姐姐直到去世也不愿再看她一眼，不和她说一句话。她才十五岁，竟同时失去了亲情与爱情。这件事让周女英一夜长大，深知人不能永远天真烂漫下去。哪怕这是李煜最喜欢的特质，她心底某些最纯粹的东西，还是被打磨掉了。

就在周女英以为再与李煜无缘的时候，宫中突然传来消息，等国后丧期一过，国主便会迎娶周女英，立她为国后。

突然间，周女英对爱情又有了憧憬。李煜能迎娶她，这是她一直心心念念期盼的事情。曾经，她只求能有一个名分，光明正大地和李煜在一起就足够了，从没奢望自己能成为他的国后。

地位、尊荣、宠爱，世上大多女人最憧憬的一切，在这一天全部从天而降。等待进宫的日子，因此变得漫长而又甜蜜。

不久之后，周女英果然被再次接入宫。这一次，她是来学习宫中礼仪的，为日后成为一个合格的国后做准备。宫中规矩众多，她必须从头学起，直到这一刻，周女英才体会到姐姐做国后的不易。

爱上一个优秀的人，就必须成为和他同样优秀的人。为了配得上国主李煜，周女英必须拥有母仪天下的气韵。这样想着，学习礼仪再辛苦也都值得。

不需要学习礼仪的时候，周女英便陪在圣尊后身边。圣尊后本就喜欢她，又发现她这次入宫比上一次更成熟稳重了许多，便越发满意这个未来国后的人选。

对姐姐留下的唯一的儿子仲寓，周女英也是发自内心地疼爱。她将自己当成仲寓的母亲，除了督促他读书写字，还教导他如何做人。

宫中上下每一个人，都被周女英的努力打动。在她的抚慰下，李煜的丧妻之痛缓解了许多，也希望这一年丧期早些过去，到时便能名正言顺地把周女英留在身边。

可惜命运偏偏不从人意，周女英入宫不久，圣尊后竟然病倒了。尽管周女英尽心侍奉，圣尊后还是很快便病逝了。圣尊后的死，意味着身为儿子的李煜必须守孝三年，更意味着，他与周女英的婚期还要再等上三年之久。

不成婚，李煜和周女英便不能名正言顺地住在一起。二人寝宫相隔不远，却仿佛隔了一道银河，他们就好像遥遥相望的牛郎和织女，近在咫尺，却又远在天涯。

迢迢牵牛星，杳在河之阳。

粲粲黄姑女，耿耿遥相望。

——李煜《句》其一

守孝的每一天，李煜和周女英都希望这三年快些过去。至此，李煜似乎已完全从丧子、丧妻、丧母之痛中走出来了，他相信这一切都是周女英的功劳。即便没有大婚，他还是将大部分时间都花在与周女英的厮守上，朝政，就这样渐渐荒废了。

何处相思苦

　　一段未了的尘缘，哪怕刻意隐藏，刻意淡忘，终究是无法逃脱相思一场。李煜曾经试图淡忘自己对周女英的爱，可当圣尊后与朝中官员纷纷劝说他立周女英为国后时，他才发觉自己竟然是开心的。原来，他对周女英的情感一丝都不曾减少，失而复得的美好，令他加倍珍惜。

　　为圣尊后守丧期间，李煜与周女英已经开始了花前月下的生活。与此同时，北宋皇帝赵匡胤，却在一刻不停地进行着统一天下的大业。

　　乾德元年（963年），赵匡胤发兵南下，进攻荆南国。很快，荆南国被攻破，荆州、归州、峡州三州土地尽数归北宋所有。

　　荆南虽国土面积不大，却是位于长江中游一带的军事要地。此处自古就物阜民丰，吞并荆南，北宋的军事实力和物资储备量立刻得到了提升。

位于江南的南唐国土，就这样完全袒露在北宋的利刃之下。与南唐遭遇同样威胁的还有后蜀。少了荆南土地的连接，南唐与后蜀被割裂成两个孤立无援的个体，无论哪一方遭到北宋攻打，另一方都无法施以援手。

原本，赵匡胤在攻下荆南之后，准备继续向南唐发兵。在赵匡胤眼中，南唐仿佛一只牙齿尚未长全的小猫，不费吹灰之力便能玩弄于股掌之间。只是因为眭昭符多次为南唐化解危机，才保下了南唐国土，也暂时保住了李煜的国主之位。

赵匡胤不愿停下征伐的脚步，既然暂时不攻打南唐，那就调转枪头，攻打后蜀。与南唐相比，后蜀算不上富庶，但也具备一定的规模与实力。赵匡胤并非随意做出攻打后蜀的决定，他每一次出击都会认真挑选时机。当时的后蜀皇帝孟昶在朝政方面的庸碌与李煜不相上下，在沉迷享乐方面却比李煜更甚。

李煜虽爱美色，却也有节制，而孟昶为了获得更多美色，竟然频繁广征天下美人。后蜀国中但凡有些姿色的女子，孟昶统统不会放过，全部招来充实后宫。除了嫔妃，孟昶另外又为后宫女子设立十二等级，这其中，最受宠的便是花蕊夫人。

花蕊夫人的真名已不可考，有人说她姓费，也有人说她姓徐。无论姓甚名谁，花蕊夫人都是孟昶最宠爱的贵妃，与孟昶相伴度过了一段奢靡享乐的岁月。

孟昶几乎整日混迹于女人堆里，后蜀后宫每月脂粉钱就是一笔不小的开销。除此之外，孟昶每个月还要给这些女子俸金，计算下来，领取俸金的女子竟然有数千人之多。

孟昶贪图享乐，一饮一食都极其奢华。为了满足孟昶的口腹之欲，博孟昶一餐的开心，花蕊夫人在别出心裁的吃食上花了许多心思。而为了避暑乘凉，孟昶专门在摩诃池上建了一座水晶宫殿，带着花蕊夫人日日在此逍遥享乐。

一日宴饮过后，孟昶有些酒醉，被花蕊夫人一路搀扶着回到水晶宫殿。那天晚上，孟昶夜半醒来，看到花蕊夫人睡得香甜，他却无心睡眠。

实际上，孟昶虽贪图享乐，却并非不知道后蜀此时正被北宋虎视眈眈。他怎能不知荆南之地已被北宋收入囊中？后蜀与荆南水路、陆路皆相通，北宋军队想要攻打后蜀易如反掌。孟昶也听说，赵匡胤正在积极训练水师，为攻打后蜀做足了准备。他派出一些探子去北宋都城汴梁打探，对北宋军队的举动有所了解。了解得越多，他心头的阴云便越厚。

此刻，他在花蕊夫人面前表现出来的快乐，都是装出来的。孟昶是真心宠爱花蕊夫人的，不忍心让她痛苦，只能独自承受。一场欢好过后，花蕊夫人沉沉睡去，枕上散落着她凌乱的乌发，娇憨妩媚。

孟昶不忍心将视线从花蕊夫人身上挪开，他清楚地知道，一旦北宋向后蜀发兵，后蜀将毫无还手之力。他已在心中暗自决定，为了让后蜀百姓少受战乱之苦，不如就向北宋投降吧。可是孟昶也明白，赵匡胤很难容下自己的国主身份，说不定自己到时候还要丢掉性命。

这样想着，孟昶觉得仿佛即将与花蕊夫人诀别。此时花蕊夫人仍对国家即将发生的变故浑然不知，睡得那样安然。孟昶却再也躺不住了，起身轻轻拉开殿门，来到水榭走廊独自徘徊。他生怕自己的辗转反侧打扰了花蕊夫人的安眠，既然安稳的岁月不多了，就让她再多睡一会儿吧。

乾德二年（964年）十一月，赵匡胤命忠武节度使王全斌率军六万向蜀地进攻，十四万镇守成都的蜀兵竟然不战而溃。孟昶将自己捆绑起来，出城请降。

没过多久，孟昶与花蕊夫人便被押赴汴梁。孟昶来到汴梁仅仅七日后便暴毙而亡。得知孟昶死讯，赵匡胤辍朝五日，素服发表，赠布帛千匹，追封其为楚王。

花蕊夫人与孟昶真心相爱，孟昶死后，她抛不下孟昶昔日的恩情，于是便亲手画了孟昶的画像，在无人处拜一拜。

委曲求全，从来求不得全，只要心怀不甘，就算不得圆满。在赵匡胤身边，花蕊夫人觉得自己只是个用于取乐的玩物而已，无论高不高兴，在赵匡胤面前，她都必须是笑着的。

古时女子，美貌有时是武器，有时却是祸源。花蕊夫人的美貌不仅惹来赵匡胤的爱慕，也惹来了赵匡胤的弟弟赵光义的垂涎。因为没能得到花蕊夫人，赵光义因爱生恨。北宋末年《铁围山丛谈》中有记载：一次狩猎中，花蕊夫人随侍在侧，赵光义"调弓矢引满，政拟兽，忽回射花蕊夫人，一箭而死"。

赵匡胤一口怒气无法撒出来，只能生生忍下。花蕊夫人就算再貌美，也不过是个女子，比不上与自己一同打下江山的兄弟情谊。

花蕊夫人的人生短暂，先享荣华，后遭悲剧，只留下数篇诗词佳作，与她的才华和情义一同传唱于后世。这样的人生与李煜何其相似，不久的将来，李煜也将遭遇与花蕊夫人相似的悲剧结局。只是此时的他，对此浑然不觉，依然心心念念地期盼着三年守孝丧期早些过去，让周女英名正言顺成为他的妻子。

夜长人不寐

开宝元年（968年），赵匡胤先后两次出兵攻打北汉。这两次出征并不顺利，北汉上下坚守，守卫住了国土，但对于周边诸国来说，赵匡胤的野心就如一把悬在头上的利剑，随时可能砍下，再也没有安稳日子。

唯有李煜对此浑然不觉，正准备迎接生命中第二个春天。为圣尊后守丧三年期满，朝中立刻有官员上书，提议尽快筹办与周女英的婚事。这等于给了李煜一个台阶，李煜自然没有反对的理由，当即便令有司筹备大婚事宜。

这一刻，李煜足足期盼了三年多，有司官员怎能不知他的心思？自从大婚被提上日程，掌管宗庙礼仪的太常博士陈志雍便开始查阅典籍，研究历代帝王大婚的程序。

李煜迎娶周娥皇时，还只是皇子，一切都由父母做主，婚礼流程按照皇子的品级操办。如今，他已贵为国主，大婚仪式自然要更隆重。更何况，李煜有心给周女英一场盛大的婚礼，让整个南唐的官员和百姓都知道他对这位新国后的看重。

光是研究大婚的流程细节，有司就投入了大量的时间、精力和人力，也有官员不愿错过这个讨好国主的机会，纷纷为大婚仪式出谋划策。

李煜这一次大婚的主办人，是中书令徐铉和知制诰潘佑，他们二人是李煜最信任的左膀右臂。然而，两人对这场大婚的规模却意见相左。

徐铉稍年长一些，顾虑更多一些。他认为，此时正是南唐国难当头之时，虽然是国主大婚，也不应过于铺张浪费，一些无关紧要的环节能免则免。为了免掉大婚上的音乐演奏，徐铉还搬出了《礼记》，其中有云："嫁女之家，三夜不息烛，思相离也。取妇之家，三日不举乐，思嗣亲也。"如此一来，既可节省开支，还有据可循。

潘佑相比徐铉年轻一些，自幼专心攻读，学识深厚。虽年纪不大，学问却超过很多长者。所谓"人不可貌相"，说的便是潘佑。据说他容貌丑陋，但只要和他交谈过的人，都会被他的韬略震惊到，从而不再以貌取人。

关于大婚规模，潘佑搬出了《诗经》，其中有云："窈窕淑女，钟鼓乐之。"由此证明，娶亲时奏乐，是自古便有的传统，一定要保留。

这二人都是李煜最宠信的臣子，如今他们各执一词，李煜也不知该偏袒哪一头。不过,他自然希望大婚仪式越隆重越好,从心底里,李煜是倾向于潘佑的,却又不好明示,生怕伤了徐铉的心。

徐铉和潘佑相持不下,最终决定让李煜自己来定夺。李煜哪里懂得这些琐碎的事情?又怕哪里不符合规矩,导致婚事不吉利。思前想后,李煜还是决定把这个烫手山芋丢给文安郡公徐游。

徐游算是与李家没有血缘关系的南唐宗室,他的祖父徐温是李昪的养父,因此徐游称得上李煜叔父辈的人物。遇到大事,李煜总喜欢与徐游商量,在南唐朝廷,徐游是个说话很有分量的人。并且,徐游处世圆滑,懂得变通,在朝中人缘也不错。

李煜的心思已经被徐游摸了个通透,顺着李煜的意思来做决定总是没错的。于是,徐游便"稍稍"向潘佑一方偏袒了一些,不仅决定在大婚上用乐队奏乐,并且提议规模越大、越隆重越好。

大婚之前,身为待嫁新娘的周女英离开了王宫,按照规矩,她必须从娘家出嫁。这一年,周女英十九岁,与她的姐姐周娥皇嫁给李煜时的年纪一样。

在当时,民间娶亲有"六礼",分别为纳采(请媒人去女方家提亲)、问名(请媒人问女方姓名、生辰)、纳吉(将名字与生辰进行占卜)、纳征(给女方家送聘礼)、请期(男方家择定婚期，备礼告知女方家）、亲迎（新郎亲至女方家迎亲）。而皇家婚礼除了要符合六礼，更有许多皇家特有的规矩，一个都不能马虎。

然而，当六礼的程序刚刚进行到第一道时，就出了问题。按照礼制，"纳采"便是男方请媒人去女方家里提亲，获得女方家的允诺后，男方便要准备礼物登门。据《礼记正义》记载："纳采者，谓采择之礼，故昏礼云下达纳采用雁也。"

大雁被誉为忠贞之鸟，若一对大雁中的一只死去，另一只也会绝食或郁郁而终。于是，一对活的大雁，便被公认为纳采必备之礼。若是换在别的季节，国主娶亲想要一对活的大雁并不难办，可此时正是初冬，北雁南迁，李煜派出去的人几乎找遍了金陵城周边所有的山野，依然没有见到大雁的影子。

纳采是六礼的第一"礼"，若无法顺利完成，接下来的流程也无法继续。眼看大婚的日子越来越近，有人急中生智，建议用鹅来替代大雁，却遭到了徐铉的坚决反对。理由很简单，把大雁换成鹅，就少了忠贞的寓意，不吉利。

这可急坏了筹备婚礼的人，难不成为了捉到一对活的大雁，要让国主把婚期推迟到明年春暖花开吗？李煜早已迫不及待迎娶周女英，不要说再等几个月，哪怕一天他也不愿多等。

为了找到一对活的大雁，官府甚至在民间贴出告示，重金悬赏。一连几日过去了，丝毫没有回音。情急之下，有人再次提议用鹅来替代大雁,否则就只能等到天气转暖,大雁北飞的时节再举办婚礼。

为了早日与周女英成婚,李煜决定,就把大雁换成鹅。所谓事急从权,只要能让大婚顺利进行,这些细节便不要刻意纠结了。更何况,李煜坚信自己与周女英的爱情足够坚固,即便没有这一对忠贞之鸟的祝福,也一定可以天长地久。

于是,纳采之日,便出现了这样一个滑稽的场景:钦差大臣怀中抱着一对五花大绑的大白鹅来到周家,为国主纳采。大白鹅因为恐惧,一路上嘎嘎叫个不停,到了周家还在不断扑腾,一场庄重的纳采仪式就这样在匆忙、混乱中完成了。

大雁在民间百姓中本就难得,既然国主大婚都用白鹅替代大雁,百姓自然纷纷效仿。只不过还是有人对国主的这桩婚事生出隐隐的担心,总觉得没有大雁作为"吉祥物",这桩婚事不会受到上天的眷顾。

无论如何,国主大婚的第一个"礼"总算是完成了。接下来便是"问名"。两人早已对彼此的姓名和生辰熟记于心,不过是为了符合礼制,走个过场而已。

再之后便是"纳吉",这一步才是李煜最在意的流程。他和周女英两情相悦多年,却从来没有将彼此的生辰八字放在一起占卜过。在民间,纳吉的结果直接决定一桩姻缘能否缔结,若结果为"吉",男方便会立即准备聘礼,通知女方家;若结果为

"凶",之后的流程便不会继续,这桩婚事也宣告作废。

李煜一直在心底暗暗祈祷占卜结果是吉,即便不是大吉,哪怕是平平常常的结果也好。没承想,占卜结果竟然是大凶,这远远出乎李煜的意料,更让他无法接受。两人已经相爱多年,算是有实无名的夫妻了,怎么可能因为这个结果就放弃呢?

身边的臣子们看出了李煜的心事,有人出言劝慰:"吉与不吉都是人为,国主是天子,自然不会被天命左右。"

这番话终于解开了李煜的心结,他决定,大婚的流程继续,并且坚信,他与周女英的婚事吉凶与否,决定权都在他自己。

李煜没有将占卜结果的真相告诉周女英,当周家收到从王宫送来的丰厚聘礼,便自然而然地认为这是一桩天作之合的姻缘。这些聘礼的贵重程度远远胜过姐姐周娥皇当年收到的聘礼,让周女英在娘家赚足了面子。

大婚的日期是早就定好的良辰吉日,李煜派人去请周家的同意,这也是一个走过场的流程,周家哪有反对的理由?至此,李煜和周女英两人心中一块石头终于落了地,满心欢喜地期待大婚那一日的到来。

之后便是大婚最重要的一步——"亲迎"。国主亲自登门迎亲,该是何等的荣耀?金陵百姓得知国主将亲自迎亲,生怕错过这个热闹。有的人家几代人都没有见过君王娶后,甚至把见证国主迎亲当作毕生的幸事。

十四年前,金陵城曾出现过相似的场景。那时身为皇子的李煜,走着同样的路线,从王宫去往周家迎亲。那时,他迎接的是周家长女周娥皇。而这一次,迎亲的仪仗更加隆重,骑着高头大马走在迎亲队伍前面的李煜,心情却比十四年前更加复杂。

十四年前的他,只是不知即将与一个怎样的女子共度余生。如今,一想到周娥皇,愧疚之情便会油然而生。可惜,对周娥皇的愧疚再也无法弥补,李煜只能在心中暗暗发誓,一定要好好对待周女英。无论是出于真心的疼爱,还是将她当作周娥皇的妹妹,都不能让她伤心。

国主大婚仪仗所行之处,百姓或是惊呼,或是欢笑,或是高声道贺,或是被震慑得不敢出声。许多人一生都无缘见国主一面,更何况南唐国主是个与众不同的重瞳子,围观百姓更觉得开了眼界。

就在迎亲仪仗缓缓前行的时候,道路旁边突然发出"轰隆隆"几声巨响,李煜被吓了一跳,不禁停住马,向发出响声的方向看去,迎亲队伍也停了下来。

原来,百姓为了看热闹,纷纷爬上屋顶,有几处老房子因为不堪重负,竟突然倒塌了。好在只是造成小小的混乱,迎亲队伍在短暂的停步之后继续起程了。

迎亲的吉时是占卜出来的,不能早也不能晚。周女英早早就已梳妆完毕,那一日的她,是此生最美的模样,一身大红吉服衬得她更加端庄，金线绣成的霞帔寓意着富贵与吉祥，头上沉甸甸的凤冠则是权力与地位的象征。

她终于盼到了这一刻，光明正大地成为李煜的妻子。迎亲队伍被倒塌的房屋耽搁了一会儿，周女英也不在乎多等这一刻。她知道，李煜一定会来，会在众人面前执她的手，守护她的余生。

一阵喧嚣的迎亲乐声传来，周女英知道，是他来了，他在用这样的方式向全天下宣告，要给她最隆重的婚礼。鲜红的盖头下面，是周女英娇艳的笑颜，她就这样一路伴随着欢喜的乐声，被接到了王宫，回到那个她早就已经熟悉的地方。

李煜为周女英精心挑选了柔仪殿作为洞房，"柔"寓意温柔和善，"仪"象征礼法与威严。她的确是个能柔到极致的女子，温柔是女子特有的"武器"，有时候比刚强更有力量。李煜希望自己的国后是刚柔并济的女子，做任何事都要合乎礼法，才能母仪天下。

奢华的洞房，是李煜送给周女英的第一份大婚礼物，他们都是喜爱风雅享乐之人，柔仪殿中光是香炉就多达十几件，件件精美华贵。

为了彰显喜庆，整个南唐王宫都被装点成大红色。李煜特意命人在御苑群花中建了一座"红罗亭"，光是那用来罩亭子的红罗，便是许多百姓一生都穿不起的料子。亭中还装饰着玳瑁、象牙，雕镂得极其华丽。亭内有一榻，榻上铺着鸳绮鹤绫，焕彩生辉,奢华无比。

这样奢华的婚礼,是李煜对周女英这三年多无名无分陪伴在他身边的弥补。就让整个世界说他荒唐吧,于他而言,为了心爱之人,荒唐一生又何妨?

六礼已毕,大婚已成,从此,周女英便是南唐国后,史称"小周后"(周娥皇称"大周后")。

儿女情长占据了李煜大部分时光,国事、政事反而成了兴之所至的偶尔为之。从骨子里,李煜是个善良的人,可惜有时因为太过善良而导致忠奸不分。在朝政方面,他做了太多错误决定,却从无恶意。或许,是命运和他开了一个巨大的玩笑,将一个一心只想埋头诗词的人硬生生推上君王之位,也因此注定了南唐衰颓的命运。

新愁往恨何穷

浮华会蒙蔽双眼,让人看不到背后的苍凉。李煜是个优秀的词人,却绝不是个合格的国主。无论年岁几何,李煜都不愿舍弃天真。所谓"天真",是心地单纯,性情真诚,不做作,不虚伪;但与此同时,天真也意味着不够成熟。身为一国之主,天真是大忌。

李煜天真地以为,北宋已经接受了南唐的臣服,肯让南唐君臣偏居一隅,保留一方净土。他更以为,结束了战争的南唐已开始渐渐恢复往日的繁荣,却不知在他口口和小周后歌舞升平的同时,南唐百姓已不堪重负,民不聊生。

北宋对南唐的"包容",是建立在大量岁贡之上的。每年南唐都要向北宋进贡大量财物,这些财物都是从百姓上缴的赋税中得来。李煜以为保住了南唐的太平,其实,不过只保住了他自己奢靡享乐的生活而已。

百姓的疾苦,李煜并非放任不管,而是根本不知道。在小周后的陪伴下,李煜比从前更懂玩乐。小周后懂生活,更懂李煜,她总能投其所好,玩得风雅有格调。

小周后喜欢用香,也擅长制香,就连很多焚香的器具都是她亲手制造的。她最喜欢垂下帘帐,点燃香炉,自己就坐在香烟缭绕之中,仿佛出尘的仙子。她唯一的遗憾,便是睡眠时不便焚香,因为一个不慎便会引起火灾。为此,小周后专门研制出一款香:将香味浓郁的鹅梨挖成碗状,再把沉香放入其中熏蒸,每晚入睡前,将鹅梨放入帐内,无须焚烧,便能散发出袅袅甜香,沁人心脾。小周后还专门为这款香取了名字,叫作"帐中香"。

对于香气,小周后有天生的敏感,除了熏香,她对花香也十分钟情。大婚之后,小周后特意命人在移风殿建造了一座漂亮的花房,花房四壁雕镂着形态各异的花筒,每一个花筒里面都栽种着一株名贵花卉。

光是雕镂那些花筒,就是一笔不小的开销,小周后又在花房中摆满各种奢侈的装饰品,带着珠光宝气的花香,无须细闻,光是远远看着这些装饰品,便是一股花香掺杂了金钱的味道。

小周后觉得宫中种花的陶盆不够漂亮,又在每个陶盆外套上越州秘色窑烧制的"夺得千峰翠色来"瓷盆,每个瓷盆造价不菲,即便是在宫中,大量使用也堪称奢靡。

李煜与小周后在享乐上从不在乎金钱的花费,更愿意为此花心思,李煜在大婚之前修建的那座红罗亭就是小周后最喜欢的夏季乘凉之地，亭中小榻只能容纳两人，他们便常常坐在亭中享受专属于二人的甜蜜。

在南唐后宫中，唯有小周后从不需刻意争宠，李煜早已将大半心思都放在她身上。她的年轻、可爱、风雅、懂享乐，都是她集万千宠爱于一身的原因。和她在一起，李煜才能感受到真正的快乐。他们一同沉浸在奢靡的享乐之中，李煜对周娥皇的愧疚在一点点减少。原来，再难忘的旧爱，终有一天也会被新欢取代。

因为小周后的到来，南唐后宫佳丽想要从李煜那里获得些许宠爱都成了奢望。一入宫门深似海，没有君王的宠爱，日子便更加难熬。为了让李煜多看自己一眼，嫔妃们不惜舍弃原本的自我，模仿着小周后的一举一动。

小周后喜欢的衣服，总是很快就能在后宫嫔妃间流传开来。因为小周后穿绿色衣裙好看，嫔妃们就把自己的衣裙和首饰统统换成绿色，南唐后宫一度变成了绿色的海洋。即便如此，李煜眼中依然只有小周后一人。

美丽的衣裙，不过是灵魂的点缀。李煜爱的是小周后其人，在他眼中，她的一切都是对的，是美的。可嫔妃们并不死心，总觉得是自己衣裙的颜色不够出众。于是，有人开始自己动手调制染料，就为了让自己身上的那一抹颜色能更与众不同一些。

曾经有一名宫女将染好的绿色布料放在外面晾晒，却忘记收起来。当她想起时，布料已在外面晾了一天一夜。刚刚染好的昂贵衣料最怕清晨的露水，被露水沾湿的布料极易斑驳褪色，再不能用。

那名宫女急匆匆赶去查看晾在外面的布料，心里已经做好了被主子责骂的准备。没承想，那布料虽被露水打湿，却并未褪色，反而因为露水的映衬越发青翠艳丽，仿佛晨露中的翠竹，鲜艳欲滴。

这简直给了后宫女子莫大的惊喜，用这样的布料裁出的衣裙在夏日里穿着，光是视觉上就有种清爽出尘的感觉。这种衣料还被南唐后宫女子取了个好听的名字，叫作"天水碧"。不仅嫔妃们纷纷用其裁制衣裙，就连小周后都用它来充实自己的衣橱。

醉心风雅之人，大多不喜爱浓烈的色彩。李煜笃信佛教，在衣饰方面喜爱淡雅的色调，更不喜欢后宫女子浓妆艳抹。然而，若是天生姿色平平，便不得不用浓艳的妆容来修饰，唯有天生丽质，才不需妆容的衬托。

当年，大周后一袭素颜，依然美得出尘。如今，小周后与姐姐同样天生丽质，只需简单的点缀，便美得醉人心魄。李煜最大的乐趣之一，便是为小周后设计妆容。他将茶油花子制成大小、形态各异的花钿，贴在额头上，再饰以金箔，简约清丽，却别出心裁，将小周后白皙的脸庞衬托得如同出水芙蓉。

江南女子本就娇俏，一袭素衣，一点淡妆，便是一种别样的风情。很快，这种名为"北苑妆"的妆容在南唐风靡一时，民间女子也纷纷效仿。不仅是为了效仿这种妆容的别致，更因为这是国主亲自为国后设计的妆容，有夫妻和睦的寓意。

夫妻和睦，是天下多少女子求而不得的奢望，却是小周后再寻常不过的日常。身为女子，她是何其幸运，嫁得有情郎，他将她的一服一饰、一饮一食放在心上；然而，身为国后，她又是何其不幸，荣华尚未享尽，便遭遇国破家亡。

小周后并不知道在不久的将来，等待自己的是怎样的命运，此刻的她，依然忙着与李煜研究如何享受生活。民以食为天，国主与国后自然也不例外，尤其像李煜与小周后这般注重生活品质的人，对饮食更有着极高的追求。

他们喜欢一起动手创造美食。在美食方面，李煜敢想敢做，总能将别人意想不到的食材混合在一起，融合成独特的美味。李煜和小周后都钟爱有香气的饮食，他们反复尝试了多次，终于研制出一款香气扑鼻的香茗。李煜将茶乳制成片，光是烹煮时飘出来的香气就已经让人欲罢不能。

他们似乎已经把研制带有香气的美食当成一件正经事来做，李煜特意搜集各种外夷所出的芳香食材，将不同食材制成不同种类的美食。每发明一道美食，李煜都要亲自题名，并且正式录入食谱当中。计算下来，由他和小周后一同创造的带有芳香气味的美食竟多达九十余种。

偶尔，李煜兴之所至，便会召集宗亲大臣入宫赴宴，宴席上的菜品全部由他和小周后亲手研制，再命宫中御厨制作。每一道菜品都芳香扑鼻，李煜还专门为这样的筵席取名"内香筵"。

一面是美食，一面是歌舞，筵席之上，耳目与味蕾都得到了极大享受。能见到小周后亲自献舞，是宗亲大臣们最大的眼福。看着小周后翩然起舞时的曼妙身姿，李煜眼神中有着满满的骄傲。有时，小周后的舞姿也会让李煜想起大周后年轻时的样子，斯人已去，再不能复生，李煜徒生伤感。然而对许多后宫女子来说，李煜思念大周后时，往往是她们得以接近李煜的最佳机会。

宫中有一个名叫流珠的宫女，最擅长弹琵琶，听过流珠所弹琵琶曲的人，无不称赞其堪与大周后媲美。大周后生前所作的琵琶曲《邀醉舞破》与《恨来迟破》，是流珠的拿手曲子，据说大周后在世时，就曾对流珠弹奏这两首曲子的技艺称赞不已。小周后入宫之后，为了避免引起小周后不快，有关大周后的一切都成了忌讳。如今，除了流珠，这两首曲子已无人会弹了。

每当李煜思念大周后，便会召流珠来为自己弹奏这两首琵琶曲。曲声流淌，李煜闭上双眼，想象着大周后就在身旁。那是一种痛苦而又美好的滋味，只要不睁开眼，时间仿佛就又能回到过去，曲声犹在，人也不曾远离。

不知不觉，李煜泪湿衣襟。流珠在一旁柔声安慰，李煜蓦然被拉回现实。那个被她辜负了的女子，终究是再也回不来了。那无处安放的情思,最终还是被转嫁到了流珠身上。

即便是短暂的恩宠,已是大多数女子求之不得的事情。李煜正值壮年,才华横溢,俊秀儒雅,后宫之中没有哪个女子对他不心动。但女子若只懂以色侍人,便失了情味。只有像大周后和小周后那样才貌双全,精通诗词音律,又懂风雅享乐的女子,才会让李煜钟情不已。

至于那些能学着大周后和小周后弹一首琵琶,唱一支曲子的女子,李煜不过偶尔宠幸,聊以慰藉罢了。

李煜的词,向来被宫中女子争相传唱。他曾填过一首《嵇康曲》,被一个名叫薛九的宫女演唱得字正腔圆,宛若天籁。她不仅专门研练《嵇康曲》,还为此独创《嵇康曲舞》,边歌边舞,犹如惊鸿仙子,如梦似幻。

后宫女子多为李煜倾心,但若说对李煜有真情实感者,却寥寥无几。薛九算得上是对李煜一片真心的女子,后来南唐覆灭,宫中女子大多另寻出路,很快便将曾经的国主淡忘了,唯有薛九,她所在的教坊司解散之后,她辗转流落到洛阳,在福善坊歌舞班中暂谋生计。即便如此,她依然心怀对李煜的爱,将《嵇康曲》重新填词,又重新编排了《嵇康曲舞》,以这样的方式,把那段终将被历史尘封的往事讲述给世人听。

众人只觉歌舞精彩,却无人看到她脸上无声滑落的清泪。若李煜知道还有这样一个女子不计较他的地位,不计较自己的名分，依然对他心生怀恋，不知是会感动得潸然泪下，还是后悔当初的不懂珍惜。

此时正处于内外交困、风雨飘摇之中的南唐，因李煜和小周后那场奢华的婚礼几乎耗空了国库。李煜却丝毫不知收敛，除了动不动大宴群臣，还下令打开国库，与民同乐。

徐铉为此十分忧心，不惜惹怒国主，也要写诗上书劝谏。李煜和小周后的奢靡，已让这位老臣为南唐的未来焦心。李煜却忘记了自己身为国主的责任，一心沉沦于爱欲与物欲之中，不知今夕何夕。

"六衣盛礼如金屋，彩笔分题似柏梁。"徐铉这首《纳后夕侍宴》中的"金屋"，是在引用东汉汉武帝"金屋藏娇"的典故；"柏梁"说的则是汉武帝晚年给宠妾王夫人修筑的宫殿，以黄铜为柱，柏木为梁，极尽奢华。徐铉把小周后比成陈阿娇和王夫人，然而，只懂风雅不懂朝政的李煜，又如何比得上雄霸天下的汉武帝？

小周后虽奢华享乐，却并不是善妒之人，任由后宫女子为了争宠明争暗斗，每个人都使尽浑身解数。

一个名叫秋水的宫娥容貌娇美，最喜爱在衣服上熏香，身处花丛之中，衣服上的香气引来彩蝶翩翩环绕，她便仿佛花中仙子，让李煜动情。

秋水并非只有美貌，也颇通文墨。据说她的名字便是取自王勃《滕王阁序》中那句"落霞与孤鹜齐飞，秋水共长天一色"。偶尔，秋水也能陪李煜品两句诗词，谈一谈风月，对李煜来说，女子无须过分有才，如秋水这般能与自己谈上几句，让自己在她身边觉得安心便足以。

除了秋水，还有一个女子乔氏，也为李煜倾尽了真心。佛教是李煜的信仰，南唐宫中无人不知，但后宫中能与李煜谈论佛经的女子，唯有乔氏一人。

乔氏个性温婉，柔贞平和，李煜与她共处一室时，常有如沐春风之感。乔氏能写一笔娟秀飘逸的书法，心思沉静，常常把自己关在房里替李煜抄写佛经。每抄完一卷，她便将佛经装裱成册，再用精致的布帛包起来，呈送给李煜。

李煜欣赏乔氏耐得住寂寞的个性，乔氏不喜欢出席歌舞酒宴，大部分时间都在闭门抄佛经。这种安静的生活让她觉得踏实自在，身处喧嚣却远离喧嚣的感觉如同遁世一般。

宁静也是一种智慧，常年与佛经为伴，乔氏已被熏染成一个举止端庄、眼神笃定的女子。李煜对她除了喜爱，更多的是敬佩。每次两人谈论禅理，乔氏总有独到的见解。在佛学方面，李煜简直把乔氏当作了知己。

一日，乔氏又将精心抄录好的一卷佛经呈送给李煜。李煜打开精致的包装，看到里面娟秀的字迹，不禁被乔氏的用心感动。

于是，李煜立刻命人准备了金粉和纸张，亲自用金粉抄写了一卷《般若波罗蜜多心经》，又亲自装裱起来，回赠给乔氏。

金粉抄写成的佛经，在阳光下耀眼夺目，纵然乔氏再淡泊，还是不禁被李煜给自己的这份馈赠震惊。乔氏将这卷金字佛经视若珍宝，无论走到哪里，都要带在身边。这卷金字佛经也成为维系乔氏与李煜情感的纽带，当南唐覆灭时，大部分宫人都被遣散，乔氏义无反顾地留在了李煜身旁。

跟随李煜去往汴梁的那一路处处艰辛，乔氏却将那卷佛经收藏得极为妥帖，没有丝毫受损。对她而言，那不只是一卷贵重的佛经，更是李煜送给自己的真心，必须用性命去呵护。

直到李煜离世，乔氏才将这卷佛经捐给相国寺。并非她已对李煜忘情，而是因为她太过珍视这卷佛经，希望它能常伴佛祖。或许，乔氏在以这样的方式替李煜的亡魂超度。

在那卷佛经的卷末，乔氏留下了这样几行小楷：

故李氏国主宫人乔氏，伏遇国主百日，谨舍昔时赐妾所书《般若心经》一卷在相国寺西塔院。伏愿弥勒尊前，持一花而见佛。

唯有南国最挂怀

江水汤汤，见证着王朝兴衰。天下大势分久必合，终有一名天之骄子，会将四分五裂的华夏版图整合统一。此时这位肩负一统天下重任之人，便是赵匡胤。

南唐王朝，注定是泱泱历史中的过客。从建国到覆灭，南唐不过短短几十年，李煜亲眼见证了整个王朝从兴盛到衰落的过程，他自己也在其中起到了加速南唐衰亡的作用。

就在赵匡胤先后吞并荆南与后蜀的时候，李煜还沉浸在后宫嫔妃们营造的温柔乡里。得知后蜀灭亡，孟昶暴毙，李煜依然没能意识到危机就在眼前，还巴巴地为赵匡胤吞并后蜀送上贺礼。

赵匡胤的后宫中不缺莺莺燕燕，他却从不为哪个女子专情。就连当初他最宠爱的花蕊夫人被弟弟一箭射死，赵匡胤也并未真的动怒。反而因为少了对花蕊夫人的留恋，赵匡胤可以更加专注地投入朝政当中。

统一天下，被赵匡胤当作头等大事。儿女情长，不过是繁忙中的放松、无聊时的点缀而已。李煜曾因周娥皇的死而形销骨立，赵匡胤却不曾为花蕊夫人的死掉一滴泪。他的时间被国事与军事占得满满的，没有时间为一个女子的死伤心。

开宝三年（970年），赵匡胤派潭州防御使潘美率大军进攻南汉。赵匡胤向来是个懂得把握军事时机的人，因为南汉国主刘𬱟的荒淫残暴，很多宗亲、旧臣都被铲除。除此之外，刘𬱟重用宦官，穷奢极欲，搜刮民脂民膏，却只顾自己享乐，荒废军备，以至于当宋军兵临城下，南汉军队才发现兵器库中的兵器、铠甲都已生锈腐烂，不能使用了。

北宋军队几乎不费吹灰之力便占领了南汉的贺州、昭州、桂州、连州。军报传来，刘𬱟竟然高兴地说道："昭、桂、连、贺四州，本属湖南，宋军已然夺取，应该就满足了，必然不会继续南下。"

赵匡胤当然不会让刘𬱟如愿，很快，南汉的心脏地带——兴王府便被宋军攻占。愚昧的刘𬱟，永远不懂赵匡胤身为一个王者的野心。同样不懂赵匡胤的，还有依然沉浸于风花雪月中的李煜。

李煜为自己编织了一个浪漫的梦境，他以为，北宋之所以攻打荆南、后蜀和南汉，都是师出有名，而他绞尽脑汁，也想不出北宋有什么攻打南唐的理由。于是，他便沉浸在这样的美梦里安然度日。偶尔从梦中清醒，李煜也会对南唐的处境有些许忧虑，

不过,他的忧虑是短暂的,短暂到只有吟一首词的时间:

庭空客散人归后,画堂半掩珠帘。林风淅淅夜厌厌。小楼新月,回首自纤纤。

春光镇在人空老,新愁往恨何穷!金窗力困起还慵。一声羌笛,惊起醉怡容。

——李煜《谢新恩》

这又是一场热闹的宴会结束之后,宾客都已离席,南唐王宫庭院一片空寂。这样的夜,连月色都是清冷的。刚刚从喧嚣中走出来的李煜,突然觉得空虚、落寞,眼前的一花一木,都能勾起他的惆怅。

北宋对周边其他小国的攻打,相当于是对南唐步步紧逼。一觉醒来,李煜似乎并未从忧愁中走出来。春光明媚,李煜却无心欣赏春景。他突然想继续睡下去,不要醒来,唯有睡着了,心情才不会郁闷。可是,北宋攻占南汉的消息传来,还是让李煜从醉卧中惊醒了。

身为国主,李煜没有逃避现实的权利。若是他将忧虑转化为力量,让南唐军力强大起来,或许南唐和李煜的命运都会被改写。可惜他并没有因忧虑而发奋,而是选择向看不见、摸不着的神佛求助。

李煜从未想过，自己虔诚的信仰，竟然加速了南唐的灭亡。赵匡胤为了摸清南唐的地形，派出一批探子假扮僧人混入南唐，这其中，还真的有一个名叫江正的探子找到了接近李煜的机会。

江正来到南唐后，在名刹清凉寺剃度，伪装成僧人，跟着住持法眼禅师修行。法眼禅师是李煜最敬重的出家人，经常被李煜请入宫中讲经。江正作为法眼禅师最信赖的弟子，每次法眼禅师入宫他都随侍左右。

就这样，江正渐渐摸清了南唐王宫的地形，并且在法眼禅师圆寂之后，成为清凉寺的住持，深得李煜信任，被李煜称为"小长老"。

李煜将自己对法眼禅师的敬重转嫁到小长老身上，时常听小长老讲论"佛法"。在小长老的"指引"下，李煜觉得自己对北宋的恐惧和担忧都是庸人自扰，对南唐的兴亡竟然抱"随缘"的态度。

小长老的每一句话，都被李煜奉为神明的指引。在小长老的怂恿下，李煜大力修建佛寺，让本就空虚的国库更加不堪重负。当时的南唐，僧人的地位甚至高过王公贵族，于是，越来越多的人为了逃避缴税和服兵役选择出家，导致南唐僧人数量激增，国库越发空虚。

小长老说佛祖也爱富贵，李煜便深信不疑，更加毫无顾忌地加大修建寺院的投入，不仅在牛头山修建了上千间禅房，还为那里的僧人提供衣物、绢帛、米粮等。

李煜认为在王宫中也该虔诚礼佛,便在宫中修建了永慕宫禅院,还从宫外请来大批僧侣入宫居住,就连宫中的宫人都人人手捧经书,只为博得国主关注。

更有甚者,一些宫娥为了讨国主欢心,竟真的落发出家,堂而皇之地住进了宫中禅院。很快,宫中禅院竟然住满了。为了容纳更多宫女,李煜再次打开国库,修建了净德尼禅院。他从不觉得大批宫女出家是怪相,反而天真地觉得越多人信仰佛祖,佛祖越会保佑南唐江山永固。

于是,南唐王宫,每日都会上演匪夷所思的一幕:李煜和小周后两人头戴伽帽,身披袈裟,跪在金身佛像脚下,虔诚诵经,再诚心叩拜。日复一日地叩拜佛祖,导致李煜的额头都磕出了瘀血,逐渐形成一个红肿的瘤赘。李煜却以此为荣,认为这是他对佛祖虔诚的证明。

这一切荒唐的举动,都通过小长老传到了赵匡胤的耳朵里。李煜不知道当赵匡胤得知此事时,是怎样一种高兴而又惋惜的心情——赵匡胤高兴的是很快便能找到攻打南唐的机会,惋惜的是如此才华横溢的国主竟荒唐至此。

李煜却从不觉得自己荒唐。对佛祖的崇敬之情被他转嫁到僧人身上,他认为他们便是佛祖派到人间的使者,僧人的衣食住行都要亲自关注。一次巡视僧舍,李煜看到小沙弥正在削厕筹(古人如厕后代替手纸使用的木条或竹条），便拿起来放在脸上蹭了蹭，生怕厕筹上的芒刺会刮伤禅师。堂堂国主做出如此举动，简直令人悲哀。

在南唐，落发为僧成为一种享受荣华富贵的途径，越来越多的人带着目的出家，却从未远离红尘。从骨子里，他们还是红尘之中执着于一切欲望的凡夫俗子，只不过是剃了头发，换了僧袍而已。

因为六根不净，宫中竟然有僧人和僧尼产生了恋情。在住持看来，这是亵渎佛祖的大罪。可李煜却说佛祖慈悲，觉得僧人和僧尼都是可怜人，专程去替他们说情，让他们免遭重罚。

众人认为，这样的风气一开，宫中寺院会更加混乱不堪。李煜却为自己的"善举"沾沾自喜，认为自己成全了一对有情人。

有了李煜的庇佑，那僧人和僧尼简直成了公开的恋人，即便在人前也毫不掩饰亲密的举动。果然，其余僧人和僧尼对此纷纷效仿，住持也只能睁一只眼闭一只眼，以免引起国主不悦。

都说佛祖慈悲，普度众生，李煜对此深信不疑，就连作奸犯科的僧人都能得到李煜的庇护。百姓若是犯罪，往往也会从轻处罚，若是罪行本就不重，索性无罪释放。

如此"宽容"，反倒成为催生犯罪的根源。李煜不知反思，还要每个斋戒日在佛像前点燃一盏盏明灯，称作"决囚灯"，也叫"命灯"。一盏命灯，就象征着一个囚犯的生命，若是命灯能一直燃到天亮，那么死囚犯就免遭一死；若是熄灭，则依法处决。

堂堂国家刑法，就这样如同儿戏。有些有钱有势的死囚犯为了活下去，不惜重金收买宦官，在命灯中添加足够多的灯油，以求长燃到天明。可笑的李煜还以为这是佛祖的慈悲宽宥，殊不知金钱能起到减免罪行、延续生命的作用。

李煜就这样一点一点亲手为南唐挖好了坟墓，只等赵匡胤率大军攻城的那一刻，所有虚假的繁华便会在刹那间轰然倒塌，没入黄土。

第六章

一片芳心，一片情怀

人间没个安排处

///

善良若是失了底线,便纵容了恶的滋生。佛教本是为了倡导世人向善,李煜却将朝政与佛学混为一谈,有这样一位心地过分善良的国主,南唐便如同一只待宰的羔羊,只能任人宰割,无力反抗。

南唐上下大力推崇佛教,能保持清醒的朝臣少之又少,敢出言劝谏的更是寥寥无几。唯有歙州进士汪焕写了一篇题为《谏事佛书》的奏章,冒死进谏。

汪焕在谏言中引用昔日梁武帝躬身事佛,用自己的血写佛经,最终饿死于台城的故事来劝谏李煜。李煜虽不高兴,还是被汪焕的勇气触动,将他提拔为校书郎。

然而,即便李煜能对大臣的冒死进谏大度处置,也无法挽救南唐于颓势之中。汪焕的谏言被李煜当成耳旁风,对于事佛的投入不仅没有丝毫减少,反而变本加厉。

小长老自从担任了清凉寺住持,打探南唐情报更多了许多方便。除了能更接近李煜，他也能接触更多有权有势、了解国家机密的达官显贵。这些人中，有许多唯利是图之人，小长老刻意与他们走得很近，时机一到，便许以重金，诱导他们做一些出卖国家的事情。

在小长老收买的人中，一个名叫樊知古的人起到了至关重要的作用。樊知古本名樊若水，原本只是个读书人，十年寒窗，只为一朝扬名。然而，樊知古在科场上屡试不第，连番落榜的打击，让樊知古对科举制度心灰意冷。为了生计，他只得放弃读书，四处谋生。

在来到清凉寺之前，樊知古只能代人写写书信，赚一些润笔费，收入微薄，勉强糊口。直到遇见小长老，樊知古这才发现，当僧人享受的荣华富贵竟然堪比达官显贵。

金钱可以让一些人出卖人性。樊知古是个穷怕了的人，小长老抛出的重金诱惑让他无法拒绝。于是，在小长老的安排下，樊知古前往长江打探水文情况：哪里的水最深，深多少；哪里的水最浅，浅多少；哪里河道最窄，哪里河道最宽，甚至连水流的缓急，都被他用精准的数字记录了下来。樊知古甚至还绘制出一张精确的长江地图，连同那些数据一起，带去北宋都城汴梁。

樊知古不仅带走了长江水文的数据和地图，还为赵匡胤献上一套渡江策略——造浮桥，渡天堑。这一计策对北宋占领南唐起到了巨大的辅助作用，赵匡胤对樊知古赞赏不已，采用他的计策渡江，大大缩短了渡江时间，最大限度地减少了北宋士兵的伤亡。

这是樊知古人生中第一次受到认可，认可他的人还是北宋皇帝。他觉得自己终于有了用武之地，在北宋的科考中，樊知古一举中第，成为北宋舒州军事推官，专门负责搜集南唐军事机密，并对潜伏在南唐的北宋情报人员进行掩护。

眭昭符得知樊知古叛逃北宋，立刻将消息传回金陵。李煜得知长江水文数据和地图都已泄露，惊愕不已，立刻召集大臣商量对策。

樊知古的家人还留在南唐，愤怒不已的南唐朝臣建议立刻将他的家人囚禁起来，以防再有像樊知古这样的叛徒出现。胆小的李煜却生怕得罪北宋，只将樊知古的母亲和妻子软禁起来，好吃好喝地养着。

金陵城中的歌舞还在继续，李煜却找不到最初的快乐，就连他的诗词，都充满难掩的忧虑：

东风吹水日衔山，春来长是闲。落花狼藉酒阑珊，笙歌醉梦间。佩声悄，晚妆残，凭谁整翠鬟？留连光景惜朱颜，黄昏独倚阑。

——李煜《阮郎归·呈郑王十二弟》

李煜看似是在描写女子的伤春闺怨，实际却是在表达自己面对北宋强敌，前途未卜时的颓丧心情。

弟弟李从善也看不惯李煜耽于享乐的生活，尝试出言劝谏，这首词便是李煜给弟弟的回答。他觉得此时的南唐，有夕阳斜照之感，除了观景和醉酒，李煜不知道自己该做些什么。词中的"长是闲"，并非真的闲，而是不知如何扭转颓势。

"落花狼藉"，是南唐此刻真实的写照，唯有醉生梦死，才能让李煜暂时忘记忧愁。"晚妆残，凭谁整翠鬟"，看似是在说女子无意梳妆，实际却是在感叹自己的无所作为。他的哀愁太盛，抑郁的心情已无法可解。

遥夜亭皋闲信步，才过清明，渐觉伤春暮。数点雨声风约住，朦胧淡月云来去。

桃李依依春暗度，谁在秋千，笑里轻轻语。一片芳心千万绪，人间没个安排处。

——李煜《蝶恋花》

只要一想到北宋军队随时可能入侵南唐，李煜便无心睡眠。又是一个不眠夜，李煜独自来到水边信步游走，烦躁不安。他哪里是在伤春景，分明是为南唐的安危而"伤"。然而凭李煜简单的政治头脑，无论如何也想不出一个保全南唐的对策。

他多想让心绪静下来，却根本做不到。李煜觉得世人皆欢喜，唯他独伤怀。千愁万恨在心头，无人能解无处平。

有人说这首词是出自欧阳修的手笔，可那词中满满的忧愁，分明更符合李煜此刻的心境。

没过多久，李煜便收到赵匡胤派人送来的信，信中北宋皇帝措辞强硬，要求李煜派人将樊知古的母亲和妻子护送至北宋。南唐朝臣愤怒不已，建议李煜杀掉樊氏婆媳，杀鸡儆猴，可李煜却生怕得罪赵匡胤，执意派人将樊氏婆媳护送往北宋与樊知古团聚。

李煜以为，只要自己不忤逆赵匡胤，便能保南唐安全。没承想，樊氏婆媳刚刚到达北宋，赵匡胤立刻对南唐发动了攻击，规模虽小，却也将李煜吓得慌了手脚，只得上书求和，并送上大量钱财，以求暂时的太平。

垂泪哭山河

世事如白云苍狗,瞬息万变。花谢花飞,落尽人世沧桑,残缺不全的心境,只剩惘然。

李煜对北宋的恐惧已成习惯。其实,稍有经验的武将都能看出,北宋这一次对南唐的攻打不过是做做样子,吓唬吓唬南唐君臣,好让南唐更加臣服而已。与此同时,南唐著名武将林仁肇已经找出北宋军队的薄弱之处。

北宋连年用兵,先后平定了荆南、后蜀、南汉等地,此时已经兵疲马乏。并且,大批主力军队已被派往南汉战场,许多地方兵力十分薄弱,从兵家策略上看,此时正是南唐收复失地的好时机。

然而日日沉浸于笙歌醉梦之中的李煜,几乎忘记了南唐已经只剩下半壁江山。他从没想过从赵匡胤手中夺回那些失去的土地,也不敢去想。

林仁肇了解李煜对北宋的恐惧,为了求得李煜的同意,他日思夜想,终于制定出一套详细可行的战略方案,这才上书恳请向北宋发兵。

他甚至为李煜想好了退路,就让南唐对外宣称林仁肇起兵反叛,如果成功,便能夺回淮南失地;如若失败,就诛杀林仁肇满门,表示李煜对此毫不知情,对北宋并无不臣之心,免除赵匡胤的怪罪。林仁肇称自己只需要几万兵马即可,他并不贪心,只要能收复淮南失地,一鼓作气的将士们说不定能将被北宋占据的土地全部夺回来。

林仁肇的一番肺腑之言,只换得李煜连连摇头。他哪里敢主动与北宋开战,据《十国春秋》记载,李煜惊讶地说道:"你千万不要胡说,这会连累到国家的。"(后主惊曰:"无妄言,宗社斩矣!")

为了让林仁肇打消向北宋发兵的念头,李煜将他任命为南都留守、南昌尹,调离金陵。

此时,北宋军队正在与南汉进行决战,错失了这一收复失地的最佳时机,南唐将再也没有翻身的机会。

眼看南汉军队节节败退,南汉国主刘铱决定舍弃国土,只保住性命、财富和女人即可。于是,他挑选了十几艘乘载力极强的大船,船上装满金银财宝和后宫嫔妃,做好了逃亡的准备。可是,还没等刘铱上船,那些大船便统统消失不见了。

原来,刘铱平时最宠信的宦官在此刻背叛了他,偷偷将那些大船开走了。已无退路的刘铱只得向北宋投降。赵匡胤像当年加封后蜀国主孟昶一样，将刘铱封为右千牛卫大将军，加封恩敕侯。

南汉覆灭的这一年，是开宝四年（971年）。三十五岁的李煜终于意识到，早晚有一天，北宋会像吞并其他小国那样，将南唐吞入腹中。为了避免这一天的到来，李煜冥思苦想，好不容易想出一个"对策"——更加诚心诚意地表示自己对北宋的臣服。

借着北宋吞并南汉的机会，李煜亲自撰写表文朝贺。他觉得，若是派普通使臣前去送贺表，显得不够有诚意。为表诚意，李煜这一次派出了自己的亲弟弟李从善担任使者，除了送去贺表，还送去大量金银厚礼。

李煜呈送给赵匡胤的表文，不仅仅祝贺北宋版图再一次扩大，更明晃晃地表露出自己对北宋的臣服之心。他自请去掉南唐国号，自己像父亲李璟当年一样，改称"江南国主"。

他天真地以为，如此一来，南唐已经算是北宋的一部分，只要赵匡胤允许他偏居一隅，保持现有的生活，他便安分度过余生。

其实，林仁肇当初的分析极有道理，连年征战的确让北宋军队不堪重负，即便李煜不放低姿态，赵匡胤暂时也不会向南唐发兵。既然李煜主动上表自降身份，赵匡胤当然乐得同意。

得到赵匡胤的回复，李煜万般欣喜。主动请赵匡胤对自己直呼姓名。既然南唐国号与帝号都已废除，南唐的一切礼制和官职都要相应降级，例如国主颁布的诏书不能称"敕"，只能称"教"，中书省改称"左内史府"，门下省改称"右内史府"，尚书省改称"司马府"，相当于同时下调一个等级。除此之外，所有国家机构全部自降一级。就连李氏宗亲子弟也不再是王，而变成了更低一级的"国公"。

从此，世上再无"南唐国"，只有"江南国"，李煜专用的印玺也改成"江南国印"。正在北宋都城汴梁出使的李从善，离开国土时还是韩王，人尚未归来，身份便已降为南楚国公。

南唐的一切改变，对北宋都更为有利。作为使者的李从善，算是圆满地完成了使命。他本打算立刻回国向李煜交差，不承想，赵匡胤根本就没有放他回去的打算。

赵匡胤表面上加封李从善为北宋泰宁军节度使，实际上就是将他软禁为人质，让南唐有所顾忌，不敢轻易反抗。而给李从善的加封，不过是个有名无实的官职，连任所都没有。赵匡胤只将一座豪华的府邸赏赐给李从善，等于将他投入一个华丽的囚笼，表面光鲜而已。

如果能预知弟弟会遭到北宋软禁，李煜无论如何也不会派他出使汴京。思念与懊悔折磨得李煜时常在无人处痛哭，春日来临时，李煜对远在他乡的弟弟更加思念：

> 别来春半，触目柔肠断。砌下落梅如雪乱，拂了一身还满。
>
> 雁来音信无凭，路遥归梦难成。离恨恰如春草，更行更远还生。
>
> ——李煜《清平乐》

开篇一个"别"字，毫无遮拦地道出离愁别恨。这并非李煜常用的写词风格，或许是因为生活屡遭突变，他已无法再用婉约的笔调来表达自己的情绪，索性便直抒胸臆吧。

春已过半，正是梅花凋落的时节，如雪乱的落梅搅乱了李煜的心绪，触动他的愁肠。他想要克制自己，但愁情太满。落在身上的花瓣可以拂去，那心头的愁绪呢？却是怎么拂也拂不掉的，如此无奈，如此痛苦。

他企盼弟弟能早日回来，就在不久之前，他还大着胆子给赵匡胤呈上书信，恳请他放李从善回国，却遭到了拒绝。一想起这些，李煜久久都不能从愁绪中走出来。他就那样愣愣地站在梅花下，却突然听到一声雁鸣。

都说大雁能替人传递书信，可是从空中飞过的那几只大雁，分明不是为送信而来的。李煜有些失望，如今，他唯一能见到弟弟的地方，便是在梦中了。可是，汴京离金陵是那样遥远，想必是让弟弟走入他的梦里都很难实现吧？

李煜满心无奈地眺望远处，发现春草遍地滋生，一如自己此刻心底滋生的离情别绪。那些草看得他心烦意乱，想要走远一些,让它们从自己的视线里消失。可是,眼前的草能躲避,心头的愁绪却无处可躲,无论走得多远,都是有增无减。

无论李煜如何放低姿态,换来的只不过是暂时的相安无事。北宋对吞并南唐依然蠢蠢欲动,秘密建造了数千艘战舰,为进攻南唐做着准备。

李煜得知这一消息,虽然明知这些战舰的真实用途,却不敢采取任何行动。有人建议将这些战舰焚毁,李煜却害怕因此惹怒赵匡胤,因而立刻攻打南唐。

他的懦弱,让赵匡胤对南唐的羞辱更变本加厉。开宝六年(973年)四月,赵匡胤突然提出一个过分的要求:"借"江南现存州、军的山川形势图一用。

赵匡胤给出了一个冠冕堂皇的理由——"朝廷重修天下图经,史馆独缺江东诸州。"

李煜清楚,北宋分明就是想借此了解南唐山川地形以及军事布防的详细信息,为进攻南唐做好充足准备。如此明目张胆索要,说明赵匡胤丝毫不将李煜放在眼里。即便如此,李煜还是遵从赵匡胤吩咐,命人复制了一份有山川、水文数据等详细信息的地图送给北宋。

李煜的懦弱已无药可救,他的词作只能令人感叹他的才华,却无法同情他的遭遇。

林仁肇得知国家受辱,再一次献策恳请出兵,也再一次遭到李煜的拒绝。很快，北宋安插在金陵的眼线便将林仁肇打算反抗北宋的消息传递回汴京。

赵匡胤从没想过南唐还有如此有骨气的人，如果让这样的人活着，那是对北宋将来的威胁。于是，赵匡胤心生一计——反间计。

他先是想办法弄到一张林仁肇的画像，挂在一座豪华的府邸中，之后招来软禁在汴京的李从善。赵匡胤假装不经意地将李从善带到画像面前，李从善一见便认出画中人，紧张地问赵匡胤如何得到这张画像的。

赵匡胤平静地回答："此人想归降我大宋，以此画像作为凭证。这处宅邸便是为此人准备的。"

李从善又惊又气，从那里离开之后，立刻将当日的所见所闻写成书信，想方设法传递给李煜。果然，李煜中计了。他可以原谅臣子的直言冒犯，却接受不了臣子的叛变。尤其是像林仁肇这样善于带兵打仗的将才，若是叛逃北宋，南唐君臣将死无葬身之地。

李煜对林仁肇"叛变"的事情深信不疑，为了自保，他决定抢先一步除掉林仁肇。开宝六年（973年）五月，一杯鸩酒被送入林府。李煜不需要林仁肇的辩白，只需要得知他的死讯。可怜一代名将，竟然死得毫无价值。李煜赐给林仁肇的那杯鸩酒，毒死了一个忠君爱国之人，或许是作为报应，五年以后，李煜性命终结的方式，竟然与林仁肇无比相似。

剪不断,理还乱,是离愁

处死一个"罪臣",不足以让李煜的生活发生丝毫改变。南唐的歌舞依旧,只是李煜再无法像从前那般全身心投入享乐之中了。

北宋的虎视眈眈、弟弟惨遭软禁,只要一想起这些,李煜对佛祖的叩拜便会更虔诚一些,将更大笔的金钱挥霍到事佛上。

李煜眼中的南唐,只剩下繁华的假象。他一直向往隐士的生活,那是因为他从没真正体会过人间的疾苦。在王宫中出生、长大,李煜从没有体会过没钱的滋味,过惯了要什么就有什么的生活,自然也无法理解百姓为了交足朝廷的苛捐杂税,要怎样节衣缩食地过日子。

百姓的怨声,充斥着南唐的每个角落。当年李璟在位时,虽然也沉迷于诗词享乐,却也不像李煜荒唐至此。

朝中臣子大多只会阿谀奉承,哄李煜开心,只有少数忠良之臣,看着李煜每天沉迷于酒色与佛事当中,看着朝中官员只会陪着李煜取乐,将国事政事置之一旁,忧虑不已。然而,有林仁肇的例子在前,再多的忧虑他们也只能生生咽下,不敢轻易劝谏。

向来以能言善辩著称的潘佑,终于无法对南唐的乱象视而不见。他先后几次呈上奏折,希望李煜能直面现实,将心思花在强大国力与军力上,不要再在享乐与佛事方面浪费时间。他还委婉地提醒李煜,要多听一听民间百姓的心声,了解百姓的疾苦。

潘佑并非只是空口劝说,他还举出了朝廷的许多弊病,列举出应对之策,每一字每一句都切中要害。李煜却像一个不愿长大的孩子,宁愿躲在美丽的假象背后,也不敢面对残忍的现实。

潘佑眼看委婉劝谏无效,索性不再顾及李煜的颜面,直言上书,句句犀利。面对臣子的批评,李煜向来是大度的,也能做出虚心采纳的姿态。这仿佛已经形成一套固定的流程:先是对直言上书的臣子大加赞赏一番,之后象征性地给一些封赏,最后一切照旧,没有丝毫改变。

然而这一套用在潘佑身上,显然已经不管用了。即便李煜已经表态虚心采纳,潘佑还是一封又一封地继续上书,言辞一次比一次激烈。他不仅劝谏李煜不要再沉迷享乐,甚至提出南唐要实行变法的举措。

当奏疏写到第七封,潘佑开始为李煜举荐贤能,希望李煜能将李平提拔为尚书令。李平自从入朝为官以来,先后做出过几项政绩。他按照《周礼》中的井田制,将百姓和耕牛登记造册,每一人、每一牛都有属于自己的身份证明，也就是民籍和牛籍。

这对于农民来说是极大的好事，既可保护耕牛，又能让每个农民分得的土地有据可循，再不会出现豪强劣绅强占农民土地的事情。同时，国家利益也得到了维护。曾经，豪强劣绅借用他人名头强占土地，逃避缴税，天长日久，本应被纳入国库的巨额税款就这样被逃掉了。

于是，农民对李平的举措拍手称快，豪强劣绅对李平恨之入骨。这本是对朝廷有益的举措，李煜却并不动容，原因很简单：李煜信佛教，李平信道教，正所谓"道不同不相为谋"，无论李平做出多大的功绩，李煜都很难真正认可。

这一消息传出，南唐朝廷立刻传出一片反对之声。

李平年少时曾为道士，整日与方术符篆打交道，逢人便说一些鬼神的论调，很多朝臣对李平的论调嗤之以鼻，以和他同朝为官为耻。

在反对李平升迁的官员当中，徐铉和张洎的反应最大。他们本就与李平不睦，这次见李平竟然有了青云直上的机会，无论如何也要阻止。

李平与潘佑向来交好，正是因为潘佑的举荐，李平才一步步走入朝堂，被李煜所用。此时，这一点也成为徐铉和张洎攻击李平的理由，说李平极力蛊惑潘佑，这才得到潘佑的大力举荐。

欲加之罪何患无辞，李平百口莫辩，除了潘佑，朝中官员竟无人替他说话。可是众口铄金,潘佑替李平的辩解也显得苍白无力。

若李煜仅是不重用李平,还不足以让忠臣寒心。在徐铉和张洎的怂恿下,李煜竟然将李平下了大狱。潘佑终于忍无可忍,向李煜呈上一封言辞激烈的奏疏,希望李煜能明辨忠奸,不要像夏桀与商纣那样,因为亲小人远贤臣而导致国破家亡,沦为千古笑柄。在奏疏的最后,潘佑更是自称无法与奸臣共处朝堂,如果李煜怪罪,潘佑自请受死。

即便像李煜这般对臣子"宽容"的国君,也无法容忍"臣终不能与奸臣杂处,事亡国之主"这样的"诅咒"。他将奏疏狠狠地摔在潘佑脸上,下令将潘佑也关进大狱。

原本,李煜只是打算吓唬吓唬潘佑,毕竟多年的君臣情分还在,李煜甚至把潘佑当作挚友,无论如何不会对他动杀心。李煜以为,自己身为国主,南唐的一切人与事都牢牢掌控在自己手中,不承想,若臣子对君王寒了心,绝望之下,会让事情演变到无法预料的境地。

李平得知潘佑入狱,对李煜失望透顶。他认为除了一死,再也无法证明自己和潘佑的清白。于是,李平用自缢的方式,给了自己一个了断。李平的自杀震惊了南唐朝廷,李煜担心潘佑效仿李平,立刻将潘佑释放。

然而,一个人若是心如死灰,在哪里都是一样的。孤立无援的悲凉，足以杀死一个人。从监狱回到家后，绝望的潘佑也自尽了。

　　我不杀伯仁，伯仁却因我而死。李煜的耳边还回荡着潘佑对自己的痛斥，骂他是昏君。李煜并不曾真的恨他，但那又如何？李平和潘佑相继自尽，成了南唐臣子的前车之鉴，从此再也无人在李煜面前仗义执言，只能眼睁睁看着曾经兴盛一时的南唐江山大厦倾颓。

　　潘佑的那句"亡国之主"，成了对李煜人生的预言和总结。多年以后，身为北宋囚徒的李煜懊悔地叹息："当初我错杀潘佑、李平，悔之不已！"或许正因为这份愧疚，李煜后来才填了如此孤独的一首词：

　　无言独上西楼，月如钩。寂寞梧桐深院锁清秋。
　　剪不断，理还乱，是离愁。别是一般滋味在心头。

——李煜《相见欢》

　　那时的李煜，再没有像潘佑和李平这样的忠臣相伴，他是孤独的，即便想要说一些后悔的话，也无人倾听了。他只能默默无语，再多的孤寂与凄惘，都只能和泪吞下。

　　寂寞的李煜登上西楼，见到的是一幅寂寞的景色。连月亮都是残缺不全的，勾起了他满腔离愁别恨。一场无情的秋风扫尽了梧桐树叶，只剩下光秃秃的树干在寒风中瑟缩，何等凄惨？像极了已经被囚于北宋的李煜。

更令他心酸的是，就连如此凄凉的秋色，都只能禁锢在高墙深院之中了。人一旦失去了自由，便成了一个苟延残喘的囚徒，更何况他还是一个亡国之君，所遭受的落差只能比别人更大。

愁绪如同纷乱的丝线，"剪不断，理还乱"，他多想回到从前，回到那个"红日已高三丈透，金炉次第添香兽"的时刻。可惜时过境迁，所有富贵荣华都已成过眼云烟，失去了江山的帝王，注定要饱受世态炎凉，尝尽愁滋味。

李煜心头淤积的滋味，有苦，有悔，有思，也有恨，就连他自己都无法说清是哪种滋味占了上风，旁人更是无法体会。他只能将哀愁、悲伤、痛苦、悔恨强压在心底，欲哭无泪，比痛哭流涕更加凄凉。

自是人生长恨水长东

　　昨日不堪回首的记忆，终将化作破晓时的满怀愁绪。李从善被北宋软禁，始终是李煜难以释怀的痛。他和弟弟的感情很好，曾经，每一年的重阳节，李煜都会和弟弟一起登高赏菊。可是这一年，又是重阳，就连朝臣都带着家人登高赏菊去了，李煜却毫无兴致。"遥知兄弟登高处，遍插茱萸少一人"，每到节日，对亲人的思念都会更甚。

　　这是李煜第一次对重阳节失去了兴致，他一个人回到书房，将对弟弟的满腔思念挥洒成文。

　　李煜所有的才能，都在文采中。若他生在寻常富贵人家，只做一名闲散文人，想必会踏实快乐得多。但若日子太过安逸，李煜或许也写不出那些流传后世、饱含怅惘与痛楚的辞章。正如仓央嘉措所说："世间安得双全法，不负如来不负卿。"可见，即便身为国主，人生也无法十全十美。

　　此时此刻，"无一欢之可作，有万绪以缠悲"，是李煜心中最真实的痛楚。南唐江山风雨飘摇,手足兄弟软禁他乡,李煜有时不禁怀疑人生,究竟是哪里出了偏差,为何命运要对他如此捉弄?

自古以来,帝王之家亲情最淡,尤其是兄弟之间,哪怕表面亲近,心里也暗含防备与猜忌。然而李煜和李从善之间的兄弟感情是真的和睦,就连赵匡胤从中挑拨,也没能让李煜对李从善心生怀疑。

就在赵匡胤用离间计鸩杀林仁肇后不久,李煜又听说李从善在汴梁城早就生活得乐不思蜀。有人说,赵匡胤赏赐了许多珍宝和美女给李从善,李从善已经有了背叛南唐之心。

在这件事上,李煜出奇地清醒。他与弟弟的情感足够深厚,哪怕这些流言传得再活灵活现,李煜也不肯相信。

可是,李从善的妻子却没有李煜这样坚定。李从善沉迷于北宋酒色之中的消息早已传遍金陵城的大街小巷,他的妻子无数次闯入宫中,向李煜哭诉、埋怨,责怪他当初不该派李从善出使汴梁。

李煜懂得相爱之人的分离之苦,当初大周后离世时,他也曾日夜流涕,形销骨立。更何况是一个妇人失去了丈夫,那种无依无靠的滋味想必更加痛苦。

于是,尽管李从善的妻子硬闯皇宫是犯了大忌,李煜也不曾怪罪。世人皆知李煜不是一个合格的君主,却愿意给他更多同情,或许,正是因为他心底的这份善良,以及他从不肯舍弃那份亲情的坚持。

在李从善被软禁的这段日子里,李煜不止一次上表北宋,请求释放弟弟,每一次都会遭到无情的拒绝。不知李煜是否痛恨过自己在北宋强压下的懦弱,世人只知,他写给弟弟的词中饱含着无奈之情:

辘轳金井梧桐晚,几树惊秋。昼雨新愁,百尺虾须在玉钩。
琼窗春断双蛾皱,回首边头。欲寄鳞游,九曲寒波不泝流。

——李煜《采桑子·秋怨》

"梧桐""金井",古人常借用此二物证明此时已是晚秋,滚动循环的"辘轳",则又象征辗转缠绵的思念。重阳已过,晚秋将至,一个"晚"字,却绝不仅仅代表时间,而是李煜对弟弟的思念从早到晚,也是李煜在感叹人生已晚。韶华流逝,青春不再,多悲凉。

明明是人在惊秋,李煜却偏说是"树惊秋",萧瑟的秋景融合着人的伤情,虽婉转,却深沉。

一场昼夜不停的小雨,纷纷扬扬,像极了弥漫在心头的忧愁,无边无际,无休无止。远方的弟弟没有传来一点消息,任凭李煜如何思念,深情都无法传达。他尝试过无数次,想要捎去自己对弟弟的思念，然而山高路遥，纵然写信，又有谁有能力送到弟弟的手上呢？

而远在北宋的李从善，并未遭受肉体的折磨，反而正在遭受意念的考验。赵匡胤的确赏赐给李从善豪华的宅邸以及很多美女，那座宅邸特意仿照江南的式样建造，赵匡胤还让歌女和舞女们学习江南的歌舞，夜夜在李从善面前表演，就是为了让他觉得北宋不比南唐缺乏享乐，从而利用他劝说李煜归降北宋。

在赵匡胤心目中，没有比李煜更听话的国主了。他自信地认为，只要自己态度强硬，说不定可以不费一兵一卒，让李煜拱手交出南唐江山。

然而这一次，李煜却难得地强硬了一回。即便李从善亲笔写的劝降信就在手上，李煜依然坚信这是赵匡胤威逼利诱的结果。于是，无论赵匡胤如何召唤，李煜就是不肯入朝。

赵匡胤一计不成，又生一计。开宝七年（974年），赵匡胤派出使者前往南唐，"邀请"李煜前往汴梁观礼。

李煜心中有数，哪里有什么"观礼"？赵匡胤分明就是让李煜自投罗网，将国主挟持在手，南唐自然归他所有。

无论北宋使臣梁迥如何彬彬有礼地劝说，李煜也执意不肯前往，甚至在梁迥离开南唐返回汴京时，都不敢亲自送行。他生怕梁迥趁机将自己掳走，只派出徐铉、张洎等人代替自己送行。

很快，李煜便迎来了北宋派来的第二批使者，赵匡胤邀请李煜参加北宋的祭天仪式。

这一次，赵匡胤派出的使者是李穆，一个态度傲慢之人。他一见到李煜，便要求李煜跪下听旨。李煜不敢违抗，乖乖带领大臣们下跪，听李穆用傲慢的语调宣读赵匡胤的诏令：

"朕将以仲冬有事圜丘，思与卿同阅牺牲。卿当着即启程，毋负朕意。"

短短二十六个字，字字惊心，让李煜进退维艰。他明白，若他前往，必然再也无法返回南唐，南唐江山自然尽数归赵匡胤所有；若他不去，赵匡胤必定发兵来战，凭南唐的军力，最多抵挡一时，早晚也会战败。

思虑的过程是一场漫长的煎熬，想到自己多年来对赵匡胤唯唯诺诺，从不敢忤逆他的任何要求，赵匡胤却得寸进尺，步步紧逼，逼得自己已毫无退路，李煜的骨子突然硬了起来。他虽不愿与北宋开战，可这一战终究是无可避免了。既然伸头是一刀，缩头也是一刀，不如勇敢一些，直面北宋的利刃吧。

李穆离开之后，李煜立刻召集南唐群臣，当众发誓："他日王师见讨，孤当躬擐戎服，亲督士卒，背城一战，以存社稷。如其不获，乃聚室自焚，终不做他国之鬼。"

就连跟随李煜多年的臣子，也是第一次见到李煜如此慷慨激昂的模样。那一刻，所有人都是踌躇满志的，以为他们的国主终于不甘懦弱，要重振南唐昔日的辉煌了。

可惜，李煜还是那个只有三分钟热度的李煜，誓言立下之后，一切又恢复了往日的模样。没有人见到李煜"亲督士卒"，那许下的誓言掷地有声，却不见回响。

· 第七章 ·

莫作轻尘，莫负人生

万古到头归一死

风花雪月尽收眼底,灯红酒绿纸醉金迷,李煜的大半人生,都是这样度过的,即便偶尔慷慨激昂,很快也就热度退去。

李煜在群臣面前发出的豪言壮语,很快便传到了赵匡胤耳中。赵匡胤简直把这些话当成了笑话,他从未将李煜放在眼里,据《江南野史》中记载,赵匡胤听到李煜的这番话,说道:"此措大鬼语耳,徒有其口,必无其志。渠能如此,孙皓、叔宝不为降虏矣!"

在赵匡胤心目中,李煜不过是个穷酸书生,再多豪言壮语也不过是一纸空谈罢了。赵匡胤似乎才是那个最了解李煜的人,他将李煜比作孙皓、陈叔宝,一个是东吴末代皇帝,一个是南陈末代皇帝,都是主动投降,拱手把江山送给敌人。在赵匡胤看来,早晚有一天,李煜也会步孙皓和陈叔宝的后尘,主动向自己投降。

赵匡胤没有看错,就在不久的将来,李煜便会同孙皓和陈叔宝一样，走上穷途末路。曾经的辉煌与富贵化作飞灰，于是才有了李煜在被囚于北宋之后的那番感叹：

人生愁恨何能免，销魂独我情何限！故国梦重归，觉来双泪垂。高楼谁与上？长记秋晴望。往事已成空，还如一梦中。

——李煜《子夜歌》

那时的李煜，已经沦为北宋的阶下囚。于他而言，南唐覆灭是他人生最大的遗恨，也将是他永生永世的折磨，永不能完结。他对故国的思念和悲痛是没有尽头的，就连睡梦中都常常会回到故国，醒来却仍然要面对残酷的现实，不由得双泪暗垂。

身为国主时，李煜如众星捧月；沦为阶下囚后，他的日子变得孤单冷清，无人陪伴。就连他想要登高遥望故国，也只能孤身一人。回想从前，每到晴朗的秋日，便会登高望远，那种快乐的日子他永远无法忘记，却再也找不回来了。

往事仿佛一场春梦，美好却难以留住，醒来便是一场空。余生只剩下无穷无尽的回忆和痛苦，李煜多希望现在的痛苦只是一场梦，只要梦醒，一切便能回到从前。只可惜，这场噩梦注定永远没有尽头。

开宝七年（974年），北宋正式向南唐开战。北宋宣徽南院使曹彬担任西南面行营马步军战棹都部署，率大军一路南下，直奔池州。

李煜的天真、仁善，似乎影响到了南唐文武群臣，池州守将戈彦听说北宋大军正朝池州方向而来，却以为那只是北宋的例行巡逻，不仅没有整顿军队备战，反而准备好了大量酒肉，主动送过去犒劳宋军。

当北宋军队亮出利刃，戈彦再想反抗已经来不及了。为了保命，戈彦弃城而逃，手下的将士无人指挥，也只能各自逃窜，没能逃掉的，便索性投降北宋。

这场兵不血刃的战役让北宋得了一个开门红，曹彬一鼓作气，率领军队继续南下。

南唐将士皆知李煜对北宋的恐惧，不知不觉，在他们心目中，北宋军队变成了一股不可战胜的力量。面对宋军，许多南唐士兵战战兢兢，根本没有反抗的力气，只能逃跑。

就这样，曹彬顺利地拿下铜陵、芜湖、当涂等地，此时距离北宋向南唐发兵，仅仅过去了一个月的时间。

随后，曹彬率领大军在采石驻扎下来。这里地处长江东岸，北与金陵相通，素有"宁芜要塞"之称。早在东汉末年，这里便是戍兵要地，曹彬在这里休整军队，随时准备渡江攻打金陵。

樊知古献给北宋的那份长江水文数据和地形图，以及渡江策略，正是在此时派上了用场。简单休整过后，曹彬命人按照樊知古的策略，准备足够的竹索、铁链、木板，再用大船将这些材料运到石牌口，开始建造浮桥。

工匠们昼夜不停，只用短短几天，便将一架连接长江两岸的浮桥搭建完毕。对于北宋来说，这是一座开疆拓土的桥梁；对于南唐来说，这却是通往地狱的奈何桥。

长江天堑，是李煜守护南唐江山的最后指望，当得知宋军正在搭建浮桥时，李煜还嘲笑他们简直异想天开。一头亮出獠牙的猛虎已经步步逼近，李煜却不想着如何反抗，只打算向猛虎投食，希望将其喂饱后令其自行离开。

这才是真正的异想天开！李煜打开已经几乎空空如也的国库，咬牙拿出帛二十万匹、白银二十万两，派弟弟江国公李从镒前往北宋进贡，请求赵匡胤令曹彬撤兵。

按照李煜以往的经验，只要北宋接受这批贡礼，便会给南唐一段太平日子。可是这一次，他失算了。眼看胜利就在眼前，赵匡胤哪能轻易撤兵？这批财物不过是充实了北宋的军资而已。

直到曹彬率领大军开始渡江，李煜这才意识到自己做出了多么愚蠢的举动。在投降与反抗之间，李煜进行了激烈的思想斗争，最终，他还是无法接受"亡国之君"这样的头衔加在自己身上。为了保住祖父开创下的基业，李煜终于做出了有生以来最热血的决定——反抗。

开宝七年（974年）十二月，李煜下令南唐不再使用北宋的年号，将下发的所有文书上的时间都改成了干支纪年，这一年是"甲戌岁"，下一年则称"乙亥岁"。这一决定，意味着南唐与北宋公开决裂。

然而，即便南唐军民都受到了李煜的鼓舞，此时也难以扭转战败的颓势。百姓纷纷参军，拿出自家米面充当军资，还是保不住家园故土。

但至少此时南唐军民的战斗士气是高涨的，镇海军节度使郑彦华被李煜任命为主将，率领两万精锐水师乘船沿长江逆流而上迎击敌军；天德都虞候杜真为副将，率领一万五千名步骑军沿江岸西行，与水军同步。按照计划，两军会合，便一举摧毁浮桥，阻止宋军渡江，切断已经渡江的宋军的物资供给。

临行前，李煜亲自为将士们践行，两位将领慷慨激昂，信誓旦旦誓死守卫南唐。

然而，大军刚刚出发没多久，就遇到曹彬部下的一小波水军船队，一番交战过后，郑彦华率领的南唐军队败下阵来。

只是这短短的一次交锋，郑彦华便意识到了宋军的可怕。他再也不敢向前一步，结果，杜真率领的步骑军不但没能等到水军的配合，还遭到北宋军队的袭击，伤亡惨重。

若是林仁肇还活着，或许南唐真的能给宋军迎头痛击。可惜，此时能为李煜所用的，大多是些奸诈无能之人，郑彦华如此，镇守采石矶的皇甫继勋也是如此。

皇甫家是南唐的将门世家，皇甫继勋的父亲皇甫晖曾在滁州大战中率军勇往直前。那场战役皇甫继勋也在其中，只不过，当时的皇甫继勋已经暴露出懦弱的本性，在将士们冲锋陷阵时，他却吓得连连退缩，气得皇甫晖拿着兵器追着这个不成器的儿子直打。

最终，皇甫晖在战争中受伤落马，被宋军擒获，拒不医治而死，反倒是皇甫继勋善于逃跑，毫发无伤地逃回军营。凭着父亲建立的功勋，皇甫继勋一路升至都守城最高统帅。

带兵多年，皇甫继勋毫无功绩，反倒是富贵日子过久了，比从前更贪生怕死。而他手下的兵将，大多是市井无赖之徒，平日为非作歹，他却不闻不问。至于与北宋之间的这场战争，皇甫继勋早做好了打算。他希望南唐早日战败，到时他便主动投降，争取在北宋谋得一官半职，继续混日子。

采石矶是抵御北宋军队的最后一道屏障。皇甫继勋就算有守卫国土之心，也没有这个能力，更何况，他早就有了背叛南唐的念头，金陵城被宋军攻破，只是时间问题。

果然，采石矶很快便被宋军攻破。皇甫继勋担心承担责任，竟然瞒下战情不报。没有接到战报的李煜竟然以为战事顺利，踏实地待在金陵王宫里，继续过他的安稳日子。

战事失利的战报一封接一封地传来，都被皇甫继勋私自扣下。几个月后，皇甫继勋部下的几名将士终于忍无可忍，趁着夜色出城偷袭宋军，竟然遭到皇甫继勋的殴打和囚禁。

偶尔，李煜也想亲自问一问皇甫继勋战事究竟如何，但皇甫继勋总以军务繁忙为借口拒绝了。李煜不知自己遭受蒙蔽，反而赞许皇甫继勋为国效力操劳。

很快，宋军便抵达金陵城外安营扎寨。临行时赵匡胤曾下令不得强攻，尽量让李煜主动投降。李煜却丝毫没有意识到北宋大军已兵临城下，在皇甫继勋的蒙蔽下，他依然沉浸在温柔富贵乡中吟诗填词。

算来一梦浮生

仿佛一场醉梦苏醒,人间已换了一副模样。南唐乙亥岁(975年)五月,春日已近尾声,沉醉于花香中的李煜并不知道,南唐江山在这个即将逝去的春日,迎来了自己的尾声。

在皇甫继勋的蒙蔽下,李煜已经很久没有关注与北宋的战事了。那一日,他闲来无事,登上高楼,向远方瞭望,突然发现,原本应该被阻挡在采石矶的北宋军队竟然已驻扎在金陵城外。北宋的猎猎旌旗在风中招展,仿佛已经提前宣告这场战争的胜利。

宋军的营帐整齐地沿江岸排列着,江中整齐地排列着北宋的战舰。就在不久之前,还有人建议李煜趁宋军不备将那些战舰烧掉,因为惧怕赵匡胤,李煜没敢照做;如今,那些战舰送来了黑压压的北宋军队,也即将送南唐走上覆灭之路。

李煜以为自己是在做梦,眼前的景象让他不敢相信。每一次他向皇甫继勋询问军情,得到的都是宋军被阻挡在采石矶外的答复。这些答复曾让他无比安心。直到这一刻，李煜终于意识到自己被皇甫继勋骗了。

这一切都源于李煜对皇甫继勋的错误信任。其实，只要他随便找个士兵问一问，便能知道实情，可他懒得这样做。南唐的覆灭，李煜的确有不可推卸的责任。他不只败给了赵匡胤，更是败给了自己。

怒不可遏的李煜第一次拿出国主的威严，下令立刻斩杀皇甫继勋。欺君之罪，忍无可忍。在此之前，李煜从不知道皇甫继勋的种种恶行早已惹得天怒人怨，得知国主要斩杀皇甫继勋的消息，众人竟然拍手称快。

很快，皇甫继勋被捆绑着押赴刑场，金陵城几乎倾城出动。曾经遭受皇甫继勋手下士兵欺压的人们对着皇甫继勋你一拳我一脚，到后来竟然有人拿出了木棒和匕首朝皇甫继勋扔过去，场面几乎失控。负责押解皇甫继勋的士兵们也懒得阻止，任由百姓撒气。还没到刑场，皇甫继勋就被众人殴打得断了气，不解气的百姓一拥而上，将皇甫继勋分了尸。

皇甫继勋的死讯大快人心，然而，这已是金陵百姓最后的快乐。他们的国主口口声声要与宋军背水一战，可了解李煜的人都知道，这不过又是喊喊口号而已。

若李煜能彻底从浑浑噩噩的梦中走出来，他也不会在被俘之后写下如此懊丧的词：

昨夜风兼雨，帘帏飒飒秋声。烛残漏断频欹枕，起坐不能平。世事漫随流水，算来一梦浮生。醉乡路稳宜频到，此外不堪行。

——李煜《乌夜啼》

李煜的凄苦与无奈，究竟值不值得同情？

不得不说，是他的耽于享乐，将南唐推向了绝境；是他的懦弱，让北宋成功地撕下南唐虚假繁荣的外衣。与赵匡胤相比，身为亡国之君的李煜是个不折不扣的弱者，或许，弱者总是能够获得一丝同情的吧。

那时，被囚禁在北宋的李煜夜不能寐，一夜风雨，飒飒秋声，更渲染出凄凉寒苦的境地。往事不堪回首，心境更"不能平"。曾经，他还希望在梦中重回南唐，如今，睡意全无的他却是连梦都没有了。

昨日的一国之君，沦为后来的阶下之囚；昨夜欢歌笑语，今夜烛残漏断……那明日明夜呢？又会有怎样凄凉的境遇？

人世间的事情，如同流水东逝，转瞬便过去了。李煜回想自己的人生，仿佛做了一场大梦，一觉醒来，荣华富贵已一去不返了。不如一醉不醒，浑浑噩噩地度过余生吧。

世人皆骂李煜被俘后的消极，可只有身处其中的人，才能体会希望破灭，前方无路可走的绝望。

皇甫继勋死后，李煜渐渐冷静下来。与宋军背水一战的豪言壮语尚未落地，他便已经开始后悔了。打败李煜的，是他对宋军的恐惧。又一次，他低声下气地向北宋求和，派出最信任的徐铉和周惟简前往汴梁，向赵匡胤呈上由他亲笔撰写的《乞缓师表》。

表文不长，却字字泣血，句句感人。李煜希望赵匡胤能从表文中看到自己的忠心，于是毫不吝惜地使用各种卑微的措辞，让自己低到尘埃里。他在表文中称赵匡胤为"陛下""明主""圣君"，称自己是"臣""微臣"。

为了保住祖父创下的基业，李煜不惜苦苦哀求赵匡胤，希望他能放过南唐，了却李煜不愿"名辱身毁"这一小小的心愿。

与表文一同送往汴梁的，还有一批丰厚的礼物，徐铉和周惟简不敢怠慢，他们肩负着南唐江山的生死，务必以最快的速度求得赵匡胤大发善心。临行前，李煜再三叮嘱，只要赵匡胤肯放南唐一马，哪怕再苛刻的条件也可以接受。

从金陵去往汴梁的一路，徐铉和周惟简都在商量与赵匡胤交谈时的措辞。然而，无论他们将李煜描述得多么善良、可怜，如何以南唐百姓的安稳生活做筹码，赵匡胤都不会再施舍自己的同情。

表文和厚礼，赵匡胤通通接受，但坚决不肯撤兵。眼看示弱无法打动赵匡胤，徐铉把心一横，开始言辞激烈地指责赵匡胤出师无名，指责北宋攻打南唐是不义之举。

赵匡胤当即怒不可遏，手中的宝剑出鞘，指着徐铉道："不须多言，江南亦有何罪，但天下一家，卧榻之侧，岂容他人鼾睡乎！"

直到此时，徐铉和周惟简终于意识到，无论南唐在北宋面前如何循规蹈矩，如何唯唯诺诺，都躲不开覆灭的命运。赵匡胤想要的是整个天下，而不是某个国主的臣服。

所谓的"情分"，在权力面前一文不值。李煜守住祖宗基业的幻想，被赵匡胤那句"卧榻之侧，岂容他人鼾睡"彻底粉碎。

当他好不容易收拾起碎了一地的尊严，准备真正与宋军背水一战的时候，才发现南唐即将面对的敌人，已不再只是北宋一个，吴越国也在北宋的联络下，加入了吞并南唐的战争。

南唐与吴越积怨已深，李煜早在即位的时候，就在给赵匡胤的《即位上宋太祖表》中提到过与吴越国的矛盾，以此表明南唐绝不会与吴越结盟。不承想，如今与吴越结盟的正是北宋，两国联手，对南唐展开了夹击。

本就风雨飘摇的南唐，又遭遇了一场飓风。南唐将士不光惧怕北宋军队，还惧怕战争。当吴越军队兵临常州，常州守将禹万诚竟然连交战的勇气都没有，直接打开城门投降。于是，紧邻金陵的润州，成了吴越军队的下一个目标。

心事莫将和泪滴

在生死攸关的战争面前,所有缠绵悱恻的诗词都显得那样苍白无力。吴越军队已经朝着润州步步逼近,李煜终于失去了吟诗填词的兴致。他知道润州已经是金陵城外最后一道防线,若润州失守,金陵便会被宋军和吴越军夹在中间,他自己和金陵城中的百姓插翅难逃。

但危急关头,李煜还是没能学会慧眼识人。或许,南唐已经实在没有可用的将才,于是,刘澄便在此时成为李煜眼中那个可堪重用之人。

围绕在李煜身边的,都是"演技派"。有人表演着对诗词的热爱,也有人表演着对国家的赤胆忠心。李煜眼中的刘澄,是一副忠心耿耿的样子。李煜永远学不会揣度人心,甚至分辨不出哪些人脸上戴着虚伪的面具。

对刘澄来说,个人利益远重于国家兴亡。他知道凭借自己的实力根本无法守住润州,于是早早便将自己积攒的财物悄悄送往常州。那些刘澄的个人财物打着犒赏前线将士的幌子，一车又一车地被运出润州。不明就里的人还为此感动不已，李煜也受到蒙蔽，从心底感激刘澄对国家的赤胆忠心。

在确认自己的财物得到保全之后，刘澄的一颗心落了地。接下来，他要思考的便是如何保全自己。经过长途跋涉的吴越军队抵达润州时，已是人困马乏。刘澄却不趁机进攻，借口等待援兵，按兵不动。

当休整好的吴越军队与宋军会合，准备朝润州发起猛攻时，刘澄便将所有部将召集在一起，威逼利诱他们与自己一同打开城门投降。

于是，润州成为又一座不战而降的城池。至此，金陵城已经失去了全部防线，彻底成为案板上的鱼肉，任人宰割。

李煜实在不是一名合格的国主，连起码的识人能力都不具备。他无法处死已经投降北宋的刘澄，只能将怒火撒在刘澄的族人身上。刘澄的全部族人，成为他一人的替死鬼。这样一个不顾及全族性命的人，又怎么可能为了国家牺牲自己？

多少泪，沾袖复横颐。心事莫将和泪滴，凤笙休向月明吹，肠断更无疑。

——李煜《忆江南》

南唐覆灭之后，身为阶下囚的李煜因满腔悔恨填了这首《忆江南》。据说，李煜被囚于北宋之后，终日以泪洗面，不知这些泪水，有多少是为自己当初信错了人而流。

斩杀刘澄全族之后，李煜将最后的希望寄托在了南都节度使朱令赟身上。朱令赟是一员难得的猛将，许多人都说从他身上能看到当年林仁肇的影子。他几乎是南唐最后一个有勇有谋的将才，只可惜，若将一个国家的生死存亡寄托在一个人身上，这个人即便再强，也注定不堪重负。

朱令赟自幼熟读兵书，他充分发挥了南唐水军擅长水战的优势，指挥水军驾驶精良的战船，迅速攻占了湖口。之后，便率领军队在距离采石矶仅十里地的虎蹲洲驻扎下来，谋划如何毁掉北宋架在长江上的那座浮桥。

他想到了周公瑾当年在赤壁之战时用的火攻策略，于是命人准备了大量柴草和几十艘木船，在上面淋满油脂，之后便等西南风起，一把火点燃木船，烧毁位于东北方向的浮桥。

功夫不负苦心人，苦等了几日，朱令赟果然等来了西南风。他立刻下令点燃木船，火借风势，几十艘木船燃着熊熊火焰，朝着浮桥飞奔而去，很快便冲入宋军的船队，点燃了几艘北宋战船。

或许是上天注定要让南唐灭亡，就在朱令赟以为胜利即将到来的时候，风向发生了变化。西南风变成了东北风，且越刮越猛。刚刚还朝着北宋船队飞奔的木船,立刻调转了方向,把熊熊烈火送到了南唐船队。

南唐的战船再精良,也抵不住火势凶猛。一支精良的水师就这样在自己点燃的火焰之中全军覆没,朱令赟无言面见国主,投江而死。

林花谢了春红,太匆匆。无奈朝来寒雨晚来风。
胭脂泪,相留醉,几时重。自是人生长恨水长东。

——李煜《相见欢》

这是李煜被俘之后写下的一首小令。人生常有无奈,令人遗憾和怨恨的事情太多,就像东逝的江水,无休无止,永无尽头。在他心底深处,这一场惨烈的水战,便是命运的捉弄,那些在烈火中殉难的将士,在临死前又该是何等的不甘和无奈?

从此,北宋军队面前再无阻碍,他们将金陵城四面包围得水泄不通,城中被困的将士和百姓陷入孤立无援的境地。没有外界补给,城中的食物越来越少。人们的食物从米饭变成粥,又从粥变成米汤,人人饿得站起来都打晃,不要说守城,就连拿起兵器的力气都没有了。

宋军只是将金陵城死死围住,并不进攻。他们在等待胆小懦弱的李煜主动投降。然而这一次,李煜的态度异常强硬,宋军主将曹彬一连几次劝降,李煜都不肯归降。

曹彬终于失去了耐心,向李煜发出最后通牒:我军将于本月(十一月)二十四日攻城,国主何去何从,宜早做定夺。

李煜是害怕的,却并未退缩。他有心派长子仲寓前往汴梁请降,又怕儿子像弟弟李从善一样被北宋扣留,只得一面承诺投降,一面找各种借口拖延时间。

曹彬得知李煜打算派李仲寓前来请降,原本很开心。然而,一连等了多日,迟迟没有等到李仲寓启程,便一次又一次派人催促。李煜总是解释:"犬子尚未做好准备,还要过些时日出发。"

终于,曹彬忍无可忍,他派人追问李煜:"那要等到何时才能做好准备?"李煜知道,如果不给出一个确切日期,北宋来使必定不会善罢甘休。但是究竟要将请降的日子定在哪一天呢?李煜根本不希望有这样一天的到来。思前想后,他还是告诉北宋来使:"本月二十七日定会前往,还请禀报曹将军,请曹将军耐心等待。"

按照曹彬的计划,二十四日便要对金陵城展开攻势。听使者说,李煜要等到二十七日才肯请降,曹彬知道,这是李煜在故意拖延时间。他不会让李煜如愿。

二十四日这一天,曹彬率领北宋军队与吴越盟军会合,准备对金陵城展开强攻。强攻之前,曹彬和手下将士约法三章,入城后决不能滥杀无辜,这是临行前北宋皇帝赵匡胤下达的旨令。

北宋军队军纪严明,军令大过天。将军发话,没有人敢不遵从。可是,吴越国的盟军却不买曹彬的账。金陵城被攻破后,北宋士兵的确做到了不滥杀无辜,可吴越士兵却已杀红了眼,一入金陵城,便大开杀戒。城中百姓纷纷躲进升元阁避难,吴越士兵甚至一把火烧了升元阁,藏身于阁内的数百名百姓全部罹难。吴越士兵又命被俘的南唐乐工在此时奏乐,乐工无人从命,吴越士兵便将所有乐工残忍杀害,将他们的尸首扔进同一个坟墓中,胡乱掩埋了事。

可叹一座建于南朝梁时期的佛教建筑,就这样被付之一炬;更可叹那无辜的数百条人命,莫名化作战争中的冤魂。烈火焚身时,他们绝望地哭喊,那火光染红了天空,死在吴越士兵刀下的百姓的血染红了大地。昔日歌舞升平的金陵城,此刻已成人间炼狱。焦头烂额的李煜已经不敢再看前方传来的军报,他知道,南唐仅剩的这半壁江山,他终究是守不住了。

人无言,新月似当年

孤灯长夜,晕染着铭心刻骨的忧伤。夜已深沉,远处的厮杀声越发清晰,兵器撞击时的金属铮鸣,听起来越发令人毛骨悚然。

李煜与小周后并肩站在窗前,茫然无措。他们的手紧紧握在一起,仿佛这样便能从彼此身上汲取一些力量。此刻的他们,只是在强撑着国主和国后的仪态,心底却比寻常百姓更加恐慌。

国若不存,百姓不过是换个国主,继续从前的生活。但身为亡国之君,哪里还能奢望什么好日子,就算能保住性命,也不过是苟且偷生而已。

梵宫百尺同云护,渐白满苍苔路。破腊梅花李蚕露。银涛无际,玉山万里,寒罩江南树。

鸦啼影乱天将幕,海月纤痕映烟雾。修竹低垂孤鹤舞。杨花风弄,鹅毛天剪,总是诗人误。

——李煜《青玉案》

词人李煜，误了南唐，却成就了后世词坛。

厮杀声整整持续了三天两夜，金陵城外血流成河。南唐将士们的血肉之躯没能阻挡住北宋与吴越军队的攻势，十一月二十七日，金陵城终于被攻破了。

南唐大势已去，继续抵抗也不过是让更多性命惨遭屠戮而已。李煜知道，与国土作别的这一刻，终究是到来了。他注定成为毁掉祖宗基业的罪人，但主动投降至少能多保住一些无辜的生命。

一杆高高竖起的降旗，飘扬在王宫之上，城中的厮杀声渐渐止息。王宫之内，李煜默默地脱下龙袍，将玉玺捧在手上，肉袒出降。那一刻，他的神情肃穆而又悲壮。四十年，漫长而又短暂。李煜与南唐一同降生到这个世界，他见证了它逐步走向兴盛，又陪伴着它逐步走向灭亡。

四十年来家国，三千里地山河。凤阁龙楼连霄汉，玉树琼枝作烟萝，几曾识干戈？

一旦归为臣虏，沈腰潘鬓销磨。最是仓皇辞庙日，教坊犹奏别离歌，垂泪对宫娥。

——李煜《破阵子》

江南烙印着李煜无数美好的回忆，这一次，他要与生命中所有的美好永别了。南唐建国四十年，国土三千里，在这里，他住着高耸入云霄的楼阁，抬眼便是花繁树茂的美景。曾经，李煜从未想过这片美好的土地竟然会经历战争的侵扰。这片故土，曾经是他全部的骄傲，也是他此生最留恋的地方。

"几曾识干戈"，那是李煜的自责与悔恨。国破家亡，人亦消瘦苍老。出降之前，李煜在祠堂跪拜祖先，多少句对不起也难消心头的愧疚与悔恨。教坊之中，仿佛又传来别离的曲调，第一次，李煜在宫女面前失声痛哭。

一首词，上阕写繁华，下阕写亡国，由极盛转到极衰，极喜转到极悲，这就是李煜的人生。这首词写于李煜生命最后几年，以阶下囚的身份回忆亡国往事，更是不胜感慨。"几曾识干戈"，让他不知珍惜三千里辽阔江山，所以才沦为臣虏。李煜没有将心中的不甘写入词中，或许，他并没有不甘，只有懊悔与痛苦。

从此，世上只有宋，再无南唐。曾经的南唐百姓，在经历了短暂的不适之后，顺利过渡成宋朝子民。国主对于百姓而言，从来都是一个仰望的符号，至于国主换成谁，百姓并不真正在意。他们的生活渐渐一切如常，而李煜的痛苦人生才刚刚开始。

李煜生命中的所有繁华，在肉袒出降的那一刻彻底崩塌。他眼睁睁地看着南唐三千里山河落入他人之手，却不能再眼睁睁看着自己耗费大半生心血收集来的文墨珍品被他人据为己有。他让黄保仪将那些珍藏的书画统统找出来，堆在一处，亲手一把火点燃,将这些书画珍品当成纸钱,为灭亡的南唐做最后的祭奠。

熊熊火焰引起了曹彬的注意,他早就知道李煜收藏了大量珍品,觊觎已久。看到书阁起火,他赶忙带人灭火,却只从火焰中抢救出少量的珍贵墨宝。这些墨宝便是曹彬的战利品,他小心翼翼地收好,带回了汴梁。

李煜最终还是没能掌控全部藏品的命运,他同样无法掌控的,还有自己未来的人生。

宫中的宫女已被遣散了大半,接下来的日子里,李煜要成为北宋的俘虏。与他一同被押送往汴梁的,还有他的家眷和昔日的南唐官员。

被战火摧残的金陵城,失去了往年即将迎接新年时的繁华热闹。被大火烧毁的升元阁,更让金陵显得遍地狼藉。不过,李煜知道,用不了多久,金陵城中的百姓会将这片战场打扫干净,人们的生活会逐渐重归昔日的平静与安稳。只是,这里的安稳,与他再也无关了。

前往汴梁的船只早已备好,李煜此时的身份,是北宋的囚犯。仿佛是上天在刻意营造伤感的氛围,那一日的金陵阴云密布,细碎的雪花零星飘落,打湿了李煜的心。一场离别的雪,都下得毫不畅快,李煜想哭,却不能落泪,那是他最后的尊严。

前来送行的人不多,大多是被遣散的宫人,还有零星的百姓。离别的场面总是伤感的，但没有人敢大声哭泣。李煜最后看一眼眷恋的故土，最后看一眼送别的人群，转身登船，留下一个故作坚强的背影。

金陵城在李煜身后越来越远，他的一颗心渐渐被苦涩填满。迎接他的是怎样的命运，他不知道，也不敢想。其实他也明白，等待着自己的绝不是美好的希望，而是无边的绝望。

李煜从不知道，金陵的冬天可以这样寒冷，透过血肉，凉透了心。这是一场没有归期的出游，他忍不住突然转身，目送着那些熟悉的景致从自己生命中一点点消失。

站在李煜身边的人中，有老臣徐铉。他们不知道该用怎样的话语来安慰彼此，一路无言，只有默默陪伴。或许，李煜的那首《渡中江望石城泣下》，凝聚了此刻他心中的万语千言：

江南江北旧家乡，三十年来梦一场。
吴苑宫闱今冷落，广陵台殿已荒凉。
云笼远岫愁千片，雨打归舟泪万行。
兄弟四人三百口，不堪闲坐细思量。

——李煜《渡中江望石城泣下》

这注定不是一场顺利的旅程。押送着李煜的船队沿长江一路东下至扬州，从古运河北上至楚州淮阴，再入淮水，向西南经洪泽湖至泗州临淮,入汴水经虹县、宿州、宋州、雍丘,最终抵达汴梁。

有生以来,李煜第一次在船上度过除夕夜。远处的岸边,有人放起了鞭炮和烟花,迎接一个崭新的年头,却让身在船上的人徒增伤感。

开宝九年(976年)正月初二,船队抵达汴口。北宋著名的佛寺——普光寺便位于此处,这里也是李煜一直向往的地方。

都说佛祖慈悲,他却从未将慈悲施舍给李煜。多年来,李煜潜心向佛,依然没能让此生落得一个圆满。即便如此,他依然不愿舍弃对佛祖的信仰,毕竟,佛祖已经是他仅存的精神寄托。

李煜毕竟是曾经的国主,虽然此时是囚犯,还是有行动的自由。无论大家如何极力反对,李煜还是执意登岸,带着小周后来到普光寺,跪在庄严的佛像脚下,虔诚叩拜。他所求不多,只愿佛祖保佑,到了汴梁之后,不要遭到凌辱。

离开时,李煜还给普光寺捐赠了价值千两白银的财物。他终究是不知人间疾苦的,即便沦为阶下囚,一掷千金还被他当作寻常。与生俱来的天真与浪漫,被李煜保留到生命的最后,他不知道对于一名囚徒来说,金钱意味着什么,更不会去想象,一个穷困潦倒的囚徒会沦落到怎样凄凉的境地。

第八章

归于故梦，归于长愁

故国梦重归

故国已成远方流逸的雾色,只剩朦胧。远方有灯火在摇曳,烟花将夜空点缀得绚丽,李煜一人独坐在甲板上黑暗的角落里,对着夜色埋首无言。

开宝九年(976年)正月初四,押送李煜的船队终于来到汴梁城。在汴梁百姓心目中,曹彬是得胜归来的英雄,自然要夹道欢迎。曾几何时,南唐百姓对李煜也是这般热情。然而在这片陌生的土地上,一切都颠倒了模样。李煜的灭国仇人受到万众敬仰,被侵占了家园的李煜和家人却成为唾弃的对象。此情此景,填再多词,也难消心头之恨。

多少恨,昨夜梦魂中。还似旧时游上苑,车如流水马如龙。花月正春风。

——李煜《忆江南》

那夜的梦，承载了太多憾恨。在梦中，李煜好像又回到从前在王宫上苑游乐的场景，那里车马奔驰，络绎不绝，繁花在春风中摇曳，明月在春风中映照，一片旖旎春景。

从凌驾万人之上的九五之尊沦落为任人凌辱的阶下囚，李煜经历了人生的大喜大悲，余生浸泡在悔恨中度过，难怪曹雪芹要称他为"古之伤心人"。

往日的繁华人生，烙印在记忆中。"游上苑"时车马的拥挤和游人的喧闹是最让李煜印象深刻的，那是他最春风得意的时刻，不知忧虑为何物。可惜，"车如流水马如龙。花月正春风"也只能在梦中回味了，在如今的生活处境中，绝不可能重现。

梦境中越是繁华热闹，梦醒后就越是悲哀凄凉。出现在梦中的美好，自然是值得眷恋的，然而，梦醒后还要面对残酷的现实，这才是令李煜真正感到难堪的事情。于是，他反而怨恨起昨夜的那场梦来了。

李煜以为，汴梁百姓对自己和小周后的围观、指指点点，已经是他生命中难以承受的屈辱。直到受降大典那一日，李煜才知道，原来真正的屈辱，是全部尊严都被残忍扒去，再被摔在地上狠狠地践踏。

那一日，李煜及其族人与朝臣全部被迫穿上白色衣帽，每个人都如同一面投降的旗帜，白得刺目，白得苍凉。受降大典比李煜想象的要庄重许多，他们在礼官的指挥下，齐刷刷跪倒在地，等待着北宋对自己的宣判。

李煜从未受过这样的屈辱,却无力反抗。他默默地听着礼官宣唱着一个又一个流程,整个大典过程中,李煜都低垂着头,下跪的双腿从酸痛,到麻胀,再到失去知觉。身为"罪人",他连动一动让双腿恢复知觉的资格都没有。

曹彬一步一步走上台阶,将事先拟好的《昇州行营擒李煜露布》呈送给赵匡胤过目,之后再亲自宣读。在露布中,条条罗列着李煜的"罪状",每一个字都是对李煜尊严的无情践踏,而跪在明德楼下的李煜,却不得不听。

当李煜听到那句"惟彼江南,言修臣礼,外示恭勤之貌,内怀奸诈之谋",简直心如刀割。曾经,他对赵匡胤毕恭毕敬,从不敢忤逆赵匡胤的任何要求,就连邻国被北宋吞并,李煜还要主动送上贺礼,到最后,却落得个"内怀奸诈之谋"的恶名,他此刻多想问一句:"天理何在?"

可是再听下去,李煜又为自己感到惭愧。一句"负君亲之鞠育,信左右之奸邪",不算冤枉了李煜。若他能早些亲贤臣、远奸佞,或许南唐还有一线生机。正是他的忠奸不分,导致祖宗基业毁在了他的手上。

露布宣读完毕,受降大典却尚未礼成。按照惯例,露布宣读之后要通报四方,然而赵匡胤却对李煜网开一面,特意下旨,不将这封露布公布出去。

无论露布上罗列了李煜多少条罪状，李煜对北宋的毕恭毕敬，赵匡胤心中有数。对于李煜，赵匡胤总是恨不起来的，反而有许多同情。赵匡胤知道，凭借李煜的个性，是掀不起任何风浪的，既然他余生都要以降王的身份在汴梁度过，不如给他留一些面子。

受降大典的最后一个流程，是由太监宣读册封李煜的诏书。因为李煜曾举城反抗，赵匡胤便在诏书中封了他一个"违命侯"。多么可笑的头衔，多年来的唯命是从被一笔勾销，一次反抗，便落定违命的罪名。但仔细想来，违命未必代表屈辱，至少他曾违抗过赵匡胤的指令，这是他唯唯诺诺的前半生唯一的倔强。

这样想着，李煜的心情好了许多。那一日受降大典结束之后，他还作诗一首，言语间充满轻松的语调：

异国非所志，烦劳殊清闲。
惊涛千万里，无乃见钟山。

——李煜《亡后见形诗》

"光禄大夫""检校太傅""右千牛卫上将军""违命侯"，一系列头衔反而让李煜感到一丝闲适安逸，他从未想过要重振河山，那是太惊涛骇浪的人生，不如此刻的安稳让人舒服。

与李煜一同受封的，还有他的家属和南唐百官。小周后被封为郑国夫人，李煜的长子李仲寓被封为左千牛卫大将军，南唐官员也都按照之前的官爵被赏赐冠带、器币、鞍马等物。

唯有徐铉和张洎，没有立刻受到封赏。徐铉曾前往汴梁，斥责赵匡胤出师无名，请求退兵，赵匡胤从那时便对徐铉有了戒备之心。这一次，他特意将徐铉唤到面前，厉声责问徐铉为何不劝李煜早日归降。

徐铉淡然回答："臣本为江南国重臣，自然要效忠国主，与故国共存亡，焉能劝主归降？江南国灭之日，臣本当死社稷，但念及国主远行无人护驾，只好苟活随行。今国主已蒙陛下授官封爵，臣再无牵挂。伏愿陛下容臣全节，无须多言。"

徐铉的从容不迫让赵匡胤敬服，同样让他敬服的还有张洎。当初，张洎曾制作蜡丸帛书，打算向契丹国求救。可惜派往契丹国的使臣中途被俘，蜡丸帛书也被缴获。此刻，面对赵匡胤的责问，张洎同样镇定："臣事君当尽忠竭力，当初江南国危在旦夕，臣肩负重任，安能坐视不理？若陛下因此而杀臣，臣也算死得其所了。"

两名视死如归的南唐臣子，让赵匡胤顿生爱才之心。他立刻分别封二人为太子率更令和太子中允，加以重用。

受降大典过后，李煜住进早就为他准备好的礼贤宅。那里奢华异常，亭台楼榭完全仿照江南景致。可惜，他乡终究不是故乡，即便建筑再像，也少了家乡的温度。

　　樱桃落尽春归去，蝶翻金粉双飞。子规啼月小楼西，玉钩罗幕，惆怅暮烟垂。
　　别巷寂寥人散后，望残烟草低迷。炉香闲袅凤凰儿，空持罗带，回首恨依依。

——李煜《临江仙》

　　大部分时间，李煜都是独自住在礼贤宅里。家人和曾经的宫人难得一见，在这看似奢华的宅邸中居住，就连本应绚烂的春光都黯然失色。看到彩蝶翻飞，李煜更觉内心孤苦。时间在一点一点过去，他在汴梁已经住了一段日子了，可亡国的伤感却依然无法抹去，满腔惆怅丝毫没有减少。
　　一腔心事是寂寥，孤苦伶仃便是李煜的余生。他的痛楚无处倾诉，只能流淌在词句中，摧人心肝。

梦里不知身是客

南国风光，闲梦悠远。春日里柳絮纷飞，江水一片碧绿，秋日里芦花伴着孤舟，笛声悠扬，月满西楼。那是江南独有的景致，是融入江南血脉之中的风情。别人再努力模仿，也只能模仿江南的样貌，模仿不出江南的灵魂。

身处假江南之中的李煜，无数次梦里回到真江南。他梦见江南的春暖花开，花容千娇百媚，花香馥郁芬芳。秦淮河上春风拂面，水波荡漾，游人乘坐画舫，在河面上往来穿梭，只为看尽百花，忙得不亦乐乎。

丝竹之声从画舫中悠悠飞扬出来，飘荡于水波之上，动人心魄。河面是璀璨的绿色，那是春的颜色，充满勃勃生机。满城飞絮，让春光弥漫到江南的每一个角落，春色那样美好，没有人想要错过，游人的脚步溅起轻尘滚滚，河水中有的是忙煞了的看花人。

梦境总是恍惚的，刚刚还是春光无限，转瞬又是秋高气爽。

江南的清秋明朗清爽，能让南唐三千里地山河皆蒙上一层清冷的寒色。一艘小舟漂泊在芦花深处，小舟上站着一个寂寥的身影。李煜不禁小跑着上前，船上的人悠悠转头，李煜惊讶地发现船上人竟然有着和自己一样的容貌，他的表情酸楚悲凉，心中的孤独与凄苦都写在脸上。

突然，不知从何处传来一阵笛声，忽高忽低，时断时续。李煜能感觉到，吹笛的人心在颤抖，那是一首离别之音，被吹得哀怨凄凉，听得李煜的心一阵抽痛，痛得他蓦然从梦中惊醒，枕席已湿了一片。

闲梦远，南国正芳春。船上管弦江面绿，满城飞絮混轻尘。愁杀看花人！

闲梦远，南国正清秋。千里江山寒色暮，芦花深处泊孤舟，笛在月明楼。

——李煜《忆江南》二首

汴梁皇宫大小宴会不断，每一次李煜都会受到邀请。表面上看，是赵匡胤对李煜足够礼敬，实际上，不过是赵匡胤在借各种各样的机会拿李煜取笑而已。一次酒宴上，赵匡胤问李煜："朕听说你在江南时，每逢宴饮都会赋诗填词，能否举出你最得意的一联?"

诗词对李煜来说最是擅长,尤其是自己作的诗词更是信手拈来。"揖让月在手,动摇风满怀",李煜脱口而出《咏扇》中的一联。本以为能收获几句称赞,没想到,赵匡胤满脸不屑,哈哈大笑道:"好一个'动摇风满怀',只是不知这'风满怀'究竟有几多?"

李煜缄默无语,无论是领兵之才还是治国之能,赵匡胤都比李煜高出数倍,唯有诗词,才是李煜真正的才华所在。可惜,一个弱者的才华在强者面前如此一文不值。赵匡胤曾经在酒宴上当着文武百官的面讥讽地说道:"如果李煜当初能用写诗填词的工夫来治理国家,今天又怎会沦为朕的阶下囚呢?"

话虽难听,却也不算冤枉了李煜。众人听了赵匡胤这番话,不过是一笑了之,李煜却觉得脸上火辣辣的,仿佛被当众扇了一巴掌,颜面碎了一地。

那座奢华的礼贤宅,成了李煜独自舔舐伤口的地方。锦衣玉食、歌舞升平,抚不平李煜心头的伤疤,缭绕在心头的亡国之痛,无处倾诉,只能倾注于诗词当中:

帘外雨潺潺,春意阑珊。罗衾不耐五更寒。梦里不知身是客,一晌贪欢。

独自莫凭栏,无限江山。别时容易见时难。流水落花春去也,天上人间。

——李煜《浪淘沙令》

　　故土之思,绵绵不尽,五更梦回,李煜听到门帘外传来潺潺的雨声,是寂寞零落的残春。薄薄的罗衾挡不住晨寒的侵袭,此情此景,更觉凄苦。

　　李煜回忆起刚刚的梦境,仿佛又回到了南唐华美的宫殿里。他默默起身,坐在床边发了很久的呆,只有在梦中才能忘记自己身为俘虏,才能享受片刻的欢愉。

　　梦醒之后,凭栏不见无限江山,徒增无限伤感。离别容易,再见却难,故国一去难返,就像流失的江水、凋落的红花,随春日离去,再无法相见。

　　熟悉的南唐,只能在梦中重返。李煜是亡国之君,是"违命侯",他从来不是叱咤风云的帝王,只能在诗词的王国里挥斥方遒。他常常需要酒精来麻痹心中的痛,但诗仙李白当年可以"斗酒诗百篇",李煜的诗词灵感却从来不在酒中,对故国的思念以及对亡国的遗恨和懊悔,才是他填词赋诗的灵感源泉。

　　其实,赵匡胤对李煜的同情大过仇恨。赵匡胤在位时,除了偶尔对李煜讥讽嘲笑,更多的时候还是给足了李煜尊严。可惜,或许是李煜注定命运多舛,就在李煜被俘入汴梁几个月后,赵匡胤突然驾崩了。直到今日,赵匡胤的死因依然是个谜。

开宝九年（976年）十月十九日夜，赵匡胤大病，召晋王赵光义入宫议事。没有人听见当时赵匡胤对赵光义说了什么，只有人在席间遥见烛光下赵光义时而离席，有逊避之状，又听见赵匡胤用柱斧戳地的声音，并且大声说"好为之"（另有记载说"好做，好做"）。

关于这件事，还有另外一种说法。据说，当年赵匡胤病重，宋皇后派亲信王继恩召第四子赵德芳入宫安排后事，不承想王继恩早被赵光义收买。王继恩并没有通知赵德芳，而是直接去通知赵光义。赵光义立即进宫，入宫后不等通报，径自进入赵匡胤的寝殿。那一夜，赵光义没有离开皇宫，第二日五更时分，宫中便传出了赵匡胤驾崩的消息。

无论当年发生了什么，赵光义成为北宋第二位皇帝，也就是后来的宋太宗皇帝，是不争的事实。

赵匡胤死后，赵光义拿出了一份遗诏，这便是所谓的"金匮之盟"。据说，当年赵匡胤和赵光义的生母杜太后病重，赵匡胤在一旁侍疾。杜太后临终时，召赵普入宫记录遗言，交代未来皇位继承问题。杜太后劝说赵匡胤死后将皇位传给弟弟赵光义，并将这份遗书藏于金匮之中。

于是，赵光义名正言顺地即位了，北宋开启了另一个篇章，李煜的人生也将迎来更灰暗的时刻。

成为皇帝的赵光义，先是假惺惺地废除了李煜"违命侯"的爵位，改封他为"陇西郡公"。这看似是在提高李煜的身份地位，实际上却是对李煜更无情的嘲讽。

冉冉秋光留不住，满阶红叶暮。又是过重阳，台榭登临处，茱萸香坠。

紫菊气，飘庭户，晚烟笼细雨。噰噰新雁咽寒声，愁恨年年长相似。

——李煜《谢新恩》

又是一年重阳，秋光渐去，李煜没有能力挽留，时光变化，让他心情黯淡。光阴虚掷，不知不觉又是一年。这是他被囚禁汴梁的第二个年头，重阳登高，又是他独自一人。李煜极目远眺，看见到处都挂着茱萸香坠，庭院中飘溢着紫菊的香气，烟笼细雨，传来新雁的鸣叫，仿佛是在鸣咽着凄寒之声。原来这愁恨永远没有消逝的一日，岁岁年年，愁恨如此相似。

赵光义是出了名的贪恋女色，当年，他觊觎赵匡胤的花蕊夫人，得不到便一箭射死；如今，他又觊觎貌美如花的小周后，这一次，他势在必得。

每逢重要节日，命妇都要入宫庆贺。太平兴国三年（978年）元宵节，小周后按照惯例与各命妇一同入宫庆贺，却迟迟未归。

凭借权势，赵光义将小周后软禁在宫中，小周后当夜便遭受到赵光义的凌辱。一连多日，赵光义都将小周后强留在身边陪酒、侍寝，小周后痛不欲生，却只能默默忍受屈辱。

小周后与李煜之间的爱情是真挚的，即便李煜成为亡国之君，小周后也从未想过攀附权势。更何况，赵光义容貌丑陋，哪里能与风度翩翩的李煜相提并论？万般凌辱让小周后身心遭受重创，可为了不连累李煜，她不得不在赵光义面前强颜欢笑。

小周后久久不归，李煜不知道发生了什么，只有一种不祥的预感。直到半个多月之后，小周后才终于被放了回来。一回到礼贤宅，小周后便痛哭着大骂李煜，所有的屈辱与痛苦，在这一刻倾泻而出。没有人知道小周后经历了什么，可是看她从未有过的失态样子，李煜也能猜出几分。

问君能有几多愁

寂寞多一分,便添了一分愁苦。自从来到汴梁,李煜几乎已经忘记了快乐的滋味。曾经,万物复苏的春景,总能带来万象更新的欢喜。如今,潺潺春水也仿佛流淌着心事。

这一日晨起梳头,李煜发现鬓边又添了许多白发,都说春天是新生的季节,可整个世界仿佛只有他一个人在默默老去。

风回小院庭芜绿,柳眼春相续。凭阑半日独无言,依旧竹声新月似当年。

笙歌未散尊前在,池面冰初解。烛明香暗画堂深,满鬓清霜残雪思难任。

——李煜《虞美人》

春风又吹回礼贤宅,吹过庭院,吹绿了一片嫩草。柳条上抽出了新的柳叶,柳叶细长,好像人初醒的睡眼,接二连三,相继舒展开来。因为无事可做,李煜觉得每一天都是漫长的。他百无聊赖地看着柳叶生长,恨不得数一数每根柳条上生长了几片柳叶。

被囚禁的寂寞,与当年南唐的盛极一时形成鲜明的对比。曾几何时,李煜还在词中这样描绘着春天的景象:"晚妆初了明肌雪,春殿嫔娥鱼贯列。凤箫吹断水云间,重按霓裳歌遍彻。"那是有周娥皇陪伴的春天,她就是一个如同春风般的女子,总是温暖和煦,让人舒服。

为了小周后,李煜辜负了大周后。李煜以为自己错过一次,不会再错第二次,然而南唐覆灭之后,接二连三的变故与遭遇,让李煜自顾不暇,更无力阻止赵光义对小周后的凌辱,这样一个如夏日般明媚的女子,终究是被辜负了。

李煜靠在栏杆边上,半天没有缓过神来。他想念故国,怀念从前的日子。耳边传来风吹竹子的声音,和南唐的风吹竹声一模一样,李煜闭上眼睛,欺骗自己依然身在南唐。他又抬起头,看见一轮新月高挂,于是再骗自己,那月色还似当年,一切都还是当年的模样。

自欺欺人,不过是为了纾解伤感。在汴梁,李煜无权无势,行动受到限制,只有在礼贤宅里,他还有些许的自由。礼贤宅里,有李煜从南唐带来的歌舞伎,还可奏乐,尚可歌舞。这或许是李煜寂寞囚徒生涯中唯一的安慰,家乡熟悉的曲声响起,李煜的心便像被春风解冻的水面，温暖柔和了起来。

旧时歌舞，让李煜在寂寞中聊以自慰，却无法真正排解寂寞。春天虽然已经到来了，但属于李煜的春天却永远不会来了。刚刚年过四十的李煜，已经满鬓霜雪，每一根白发，都承载着他对故国的思念，以及不堪承受的亡国之痛。

初春已不胜愁苦，到了秋日便更觉萧瑟。身为亡国之君，李煜时常追忆自己的帝王生活，越是回味，越是悲哀和寂寞。那一日秋风萧瑟，李煜独自站在冷落的庭院中，心生哀叹，转身回到书房，将自己的亡国之痛与故国之思填入词中：

往事只堪哀，对景难排。秋风庭院藓侵阶。一任珠帘闲不卷，终日谁来？

金琐已沉埋，壮气蒿莱。晚凉天净月华开。想得玉楼瑶殿影，空照秦淮。

——李煜《浪淘沙》

开篇一个"哀"字，便定下了整首词的基调。是啊，往事回想起来，只是令人徒增哀伤。这哀伤如此深重，以至于到了"对景难排"的境地。

在汴梁，李煜居住的礼贤宅门口有老卒守门，不让李煜和外人接触。无边的孤独折磨着李煜，他曾经传信给旧时宫人，说

"此中日夕以泪洗面"！如此看来，李煜的孤独哀伤又何止是"对景难排"，分明是"对景更痛"。

礼贤宅的围墙很高，像极了一座监狱。身处秋日高墙之中，处处都是枯索萧瑟之景。秋风吹过庭院，吹落满地枯黄。李煜视线中唯一的一抹绿色，便是台阶上蔓延生长的苔藓，一路生长入堂室，看着却令人心酸。

苔藓生长得茂盛，说明此处已经许久无人行走了。偌大的礼贤宅，空荡荡的，终日都无人登门，李煜索性就让门上的珠帘垂落着，反正也无人来往，撩起来也是麻烦。

李煜回想当年的自己，身为君主，群臣俯首，宫娥簇拥，那是何等颐指气使的威严？他也曾有过风花雪月的风流，享受过繁华与富贵，只是这些都随着金陵城的陷落而烟消云散，化为乌有。

徘徊在庭院中的李煜，回想无限往事。秋夜天高，秋月澄明，他又想起了从前的金陵城。那里的雕栏玉砌，应该还是当初的模样。可是失去了都城的头衔，想必金陵也不复往日的气象。天上的那轮秋月，也只是"空照秦淮"罢了。

汴梁的每一季景象，都会让李煜联想到江南。无论是草长莺飞，还是落红满地，甚至花木凋零、大雪纷飞，都能让他与熟悉的江南景致去对比，比来比去，都是伤心。

此时，李煜的人生已经进入倒计时，他对此毫不知情，将满腔悔恨与痛苦交付诗词中。或许，后世词坛应该感谢李煜这段被囚禁的人生，是痛苦激发了他的才华，他随手作一首诗，填一首词，便能传诵千年。

深院静，小庭空。断续寒砧断续风。无奈夜长人不寐，数声和月到帘栊。

——李煜《捣练子令》

李煜已经记不清这是自己来到汴梁后的第几个不眠之夜了。他心中焦躁烦恼，起身来到庭院，却听到夜晚的寒风送来砧上捣练之声。声音断断续续，却有独特的节奏，伴着夜风时有时无，捣乱了李煜的万千思绪。

衣食无忧，并不是李煜的全部追求。他的生活品质看似和从前别无二致，可人一旦失去了自由，珍馐也失去了滋味，绫罗也失去了光泽。没有自由的人生，哪里还有什么意义？

每一天，李煜都在用更多的酒精麻痹自己，只有酩酊大醉的时候，他才能忘记那万般的苦痛。赵光义登基后，李煜一连几次上书，要酒，也要钱。他从来不知节制花费，从南唐带来的钱财已经耗尽，只得向赵光义伸手。手心向上的滋味不好受，可为了活下去，李煜只得出卖自己的尊严。赵光义批准了李煜的请求，每月为他增俸三百万钱。

有了赵光义的特批，李煜又可以无所顾虑地酗酒，喝醉之后，便在诗词中怀念自己的故国，再将词谱上曲，让歌姬吟唱。当这些歌声传到赵光义耳中，李煜的生命便即将走到尽头。

往事余几何

往事飘零了思绪，冗长的文字书写成殇，化成一张有无数折痕的纸。李煜人生的最后两年，所写诗词已经满是哀叹与亡国恨。他不知疲倦地吟唱着自己的故国，终于引来了赵光义的不满。

在有心人眼中，李煜哪里只是思念故国，分明更怀念自己旧日的国主身份。将一个有"不臣之心"的人留在身边，等于是养虎为患。

在赵光义的授意下，南唐旧臣徐铉来到礼贤宅探望李煜。往日里，若是没有赵光义的允许，南唐旧臣不准靠近礼贤宅半步，这一次徐铉前来，并不知道自己还肩负着替赵光义打探虚实的使命。

徐铉是真心来探望李煜的，旧日君臣重逢，悲喜交加，李煜有满腔话想说，最终只化作一声长长的哀叹，以及一句："悔不该当初错杀潘佑、李平！"

徐铉离开后,李煜心烦意乱。这几日,他发现自己鬓边的白发又多了许多,那都是抑郁多愁生出的烦恼丝。与徐铉的交谈,又勾起了李煜对往日的回忆,过去难再回,前路无希望,他觉得自己仿佛正在走一条坎坷的山路,越走越艰难。

一首孤寂清冷的词,记录着李煜的绝望:

> 心事数茎白发,生涯一片青山。空林有雪相待,野路无人自还。

——李煜《开元乐》

在诗与酒中,李煜尽情倾吐着心中的悲伤。他有太多不满与酸楚,哪里是短短一首词能够承载的?

> 晓月坠,宿云微,无语枕频欹。梦回芳草思依依,天远雁声稀。啼莺散,余花乱,寂寞画堂深院。片红休扫尽从伊,留待舞人归。

——李煜《喜迁莺》

这首词堪称李煜软禁生涯的泣血之作,读来便能感觉到他对故国汹涌的思念。

李煜写这首词时,正是晓月西沉,暮云渐上,整个礼贤宅被蒙上一层祥和的色调。李煜心中却满是惆怅,因为在昨夜的梦中，他又回到了故国，与故去的周娥皇在梦里重逢，可她却没有留下只字片语。醒来之后的李煜默默无言，满心离恨，不得安宁。

春天即将逝去，雁声渐渐稀少，啼莺也纷纷振翅而去。它们知道，这高墙深院外的风光才更迷人，无论哪里，都比这残花乱舞的寂寞画堂更有生气。李煜思念的周娥皇，永远都不会再回来了，能陪伴他了此残生的，唯有寂寞。

太平兴国三年（978年）七月初七，是一年一度的乞巧节，也是李煜的生辰。虽然如今的生活比不上南唐王宫，但后妃们还是想要好好为李煜庆祝一个生辰。

一场生辰宴，早早便开始准备了。所有人都希望李煜找回久违的快乐，可到了开宴的那一刻，众人才发现，自己根本开心不起来。一群背负着亡国之痛的人，只能在丝竹管弦声中强颜欢笑，一些个性柔弱的女子则躲在宽大的衣袖后面偷偷地抹着眼泪。

李煜哪能感受不到众人的悲伤？有人在小声谈论故国，被李煜听了个正着。他又默默喝下许多酒，之后唤人取来笔墨，填词一首：

春花秋月何时了，往事知多少。小楼昨夜又东风，故国不堪回首月明中。

雕阑玉砌应犹在，只是朱颜改。问君能有几多愁？恰似一江春水向东流。

——李煜《虞美人》

曾经，李煜恨不得日日繁华，夜夜笙歌，无休无止地放纵、快乐下去。或许正因如此，他的这些故国之思并不值得同情。直到此刻，像李煜这般贪恋享乐的人，竟然盼着春花秋月早日"了"，生怕自己再忆起更多往事而伤怀，这才勾起世人对囚居异邦的他的怜悯。

回首往昔，身为国君，过去的许多事情依然历历在目。李煜知道，曾经的自己做了太多错事：纵情声色、不理朝政、枉杀谏臣……桩桩件件，都令李煜悔恨难当。此时此刻，他身居囚楼，苟且偷生，望着天上的明月，触景生情，愁绪万千，夜不能寐。

像这样的不眠之夜，李煜已经熬过了一个又一个。这是精神上的折磨，是命运对他最无情的嘲讽。

古都金陵华丽的宫殿应该还保留着原来的样子吧，只是那些丧国的宫女，朱颜已经更改。是啊，一切美好的事物都褪了颜色，南唐国土都已经更改了姓氏，还有什么美好是不能泯灭的呢？

李煜的满腹愁恨，如同奔流的江水般悠长深远，汹涌翻腾。这首《虞美人》，可以说字字句句都是他此刻的真情实感，他已经压抑了太久,情感一经释放,便如滔滔江水,冲决而出。身为"刀俎"上的亡国之君,李煜竟然如此大胆地抒发亡国之恨,可见如今的生活已令他彻底绝望。

他不仅要写下来,还要唱出来。宫娥们拿着李煜刚填好的词,深情吟唱,李煜恍惚间仿佛又看到了故国的舞榭歌台、雕栏玉砌,视线伴着泪水渐渐模糊。

这首《虞美人》,是李煜生命的绝唱,如夏日的荼蘼,绚烂到极处,花事戛然而止。

然而,那句"问君能有几多愁?恰似一江春水向东流"传到赵光义耳朵里,立刻引来赵光义的勃然大怒。他再也不能任由李煜随意填词了,李煜的故国之思早晚有一天会扰乱人心,引起祸乱。

就在七月初七当晚,赵光义连夜召弟弟赵廷美入宫,命他去礼贤宅送一壶美酒给李煜,当作生辰贺礼。

赵廷美把李煜当作词上的知己,李煜在汴梁的这三年,赵廷美时常和他在一起吟诗填词。很多时候,他们敬佩于彼此的才华,甚至忘记彼此的身份,只以朋友的身份相处。因此,当赵廷美被哥哥派去给李煜送生辰酒时,他是开心的,浑然不知自己即将把死神带到李煜身边。

赵廷美的到来,让李煜感到惊喜,他从没想过在这片陌生的土地上,会有人把他这个囚徒当作朋友,更何况把他当成朋友的人还是皇帝的亲弟弟。除了惊喜,李煜更觉得感动。赵廷美带来的那壶"美酒",被他郑重地摆在桌子中央,直到赵廷美告辞之后,独自坐在桌边的李煜才忽然从那壶酒中嗅出了悲凉的味道。

赵廷美说,那是赵光义派他送来的酒。从小在皇家长大的李煜太知道,皇帝突如其来的"善意"背后,往往隐藏着杀机。可是,纵然看破,又能如何?若赵光义杀心已起,这壶酒喝与不喝,结果都是一样的。

"万古到头归一死",李煜的人生,永远定格在了四十二岁那一年。太平兴国三年(978年)七月初七的夜晚,李煜独自对着那壶酒坐了许久,时而发呆,时而微笑,时而喃喃自语。没有人知道李煜想了些什么,说了些什么,只知道他最后将酒杯斟满,一饮而下。

据说,李煜喝的那壶酒中被下了牵机毒,这种毒药能引起全身抽搐,最后头部与足部相接而死,状似牵机。毒酒喝下之后不久,李煜的口鼻便有鲜血汩汩流出,身体剧烈抽搐,最后果然头足相接,以无比臣服的姿势结束了生命。

从此,李煜的生辰变成了忌日,千古词帝,羽化成烟,那些饱含伤情的诗词,是他留给这个人间最珍贵的宝藏。

李煜的死讯传到宫中时,赵光义虚情假意地伤感了一番,又辍朝三日以示哀悼,做足了表面功夫。他追赠李煜太师头衔,又追封他为吴王。头衔都是虚的,唯有赵光义自己知道,除掉一个心头之患的滋味有多么畅快。

客死异乡的李煜，被埋葬在北邙山。赵光义命人在那里为他修建陵墓，又命徐铉为李煜撰写墓志铭。身为南唐老臣，徐铉只想在墓志铭中真实地记录下李煜的一生。

赵光义并不介意徐铉写下怎样一篇墓志铭，只希望美丽的小周后从此可以真心依附自己。可惜，李煜死后不久，小周后也含恨离世。有人说她是为李煜殉情，也有人说她是忧伤太盛。这个美丽的女子，和姐姐一样，生命定格在二十九岁。周氏姐妹与李煜唯美的爱情故事流传后世，成为佳话。

芸芸众生，皆是沧海一粟。帝王将相，也终将随历史化作烟尘。世上没有永恒的富贵与权势，唯有花开花谢、月圆月缺才是永恒。雕栏玉砌已碎成齑粉，红粉朱颜已香消玉殒，那些承载着爱恨恩怨的诗词却可穿梭千年，吟多少唏嘘，诵多少感叹！

后记

王国维说:"词至李后主而眼界始大,感慨遂深,遂变伶工之词而为士大夫之词。"

叶嘉莹说:"李后主的词是他对生活的敏锐而真切的体验,无论是享乐的欢愉,还是悲哀的痛苦,他都全身心地投入其间。我们有的人活过一生,既没有好好地体会过快乐,也没有好好地体验过悲哀,因为他从来没有以全部的心灵感情投注入某一件事,这是人生的遗憾。"

李煜的一生,笙歌醉梦,舞榭歌台,曾有过不可比拟的江山美人传奇。最终,却落得梧桐深院、春水东流,人间没个安排处!

有人嘲笑李煜丢了江山,有人感叹李煜丢了江山成就了词坛。红尘滚滚,千载悠悠,唯有文字最经得起时间考验。秦皇、汉武、南唐、北宋,纵然叱咤一时,也不过是历史中的一粒粒尘埃。李煜留下的三十几首诗词,却在经历光阴的打磨之后历久弥香。

循着李煜的诗词，后人依稀能看到千年前南唐的繁华盛景，也依稀能见到囚禁于汴梁的李煜孤寂寥落的模样。

没有人认为李煜是合格的君王，他善良得没有底线，天真得近乎懦弱，虽纯净无瑕，却优柔寡断。自从懵懂地接下南唐憔悴的山河，从没有了解过百姓疾苦的李煜，只想逃避，逃避到虚幻的诗词世界里，拥抱那一碰即碎的欢乐。于是他写"几曾识干戈"，不是不曾识干戈，而是不想识干戈。

他虽昏聩，却不残忍；虽无能，却不自负。严格说来，李煜不是坏人，甚至有人觉得李煜只是运气不好，赶上了一个王朝的覆灭而已。

养尊处优的人生，经不起战火的洗礼。沉湎于笙歌醉梦中的李煜，生来便是一个优秀的词人，也只能做一个优秀的词人。

他用词记录着自己身为帝王的奢靡生活，正如叶嘉莹先生所说："他没有反省，没有节制，没有觉悟到处在这样的地位，就不应该再说这样的话，不应该再写这样的词了。这是李后主作为社会人的一个缺点。但是作为一个词人，从他的真纯的深挚的这种无所掩饰的投注和流露来说，他有他可爱的地方。"

他只是一个任性的孩子，喜欢便全情投入，不喜欢便甩手逃开。于是，当宋军的铁蹄踏碎了他生命中的全部美好，春花秋月零落成殇，李煜不知该如何反抗。

王国维说李煜是主观诗人，说他"不必多阅世。阅世愈浅，则性情愈真"。或许，正是这种"天真与崇高的单纯"，让李煜守住了心底最本真的部分，让某些美好没有随着身份和环境的变化而消逝。

作为皇帝，他是软弱的；作为词人，他却是勇敢的。不知李煜是否明白，残酷的政治舞台注定没有他的一席之地，但在词坛，他却能将霸主之位信手拈来。

人生前半程，他纨绔浪荡，风花雪月，除了写词，做不出有价值的事；人生后半程，他沦为阶下囚，被俘于异国他乡，除了写词，任何有价值的事情都轮不到他去做。

他只能把自己灌醉，在诗词歌赋里重温昔年光景。故国三千里地山河，只剩一场梦，他虽心在金陵，奈何身为异乡囚徒。江南的一草一木皆是回忆，汴梁的花再香、月再圆，也抵不过江南一缕和煦的春风。

他的欢笑，从此只在梦中，于是他不愿苏醒。每当醒来之后，李煜都要承受更剧烈的痛，唯有将伤情寄托于笔墨，才能冲淡心底的苦楚。不知不觉间，李煜成就了词坛。"千古词帝"，是后人给予他的美名。

他的帝王人生，从脱下皇袍的那一刻才真正开始。从那时起，李煜的整个世界只剩下一个孤独的自己。一个变小了的世界，反而让他莫名心安。从国主到囚徒，全新的身份让他无论如何都难以适应，一首首词从灾难过后的心底盛放，这才赋予了他重新活下去的勇气，给了他一个安放心灵的家园。

世事莫测，人生无常，这是李煜从人生的沧桑巨变中领悟的道理。作为一名被囚的国主，一晌贪欢也只能出现在梦中。故国江山犹在，他却已不敢独自凭栏远眺，唯有用词句写下这独属于国主的乡愁，留给世人去感悟。

一切痛苦，都被李煜变成文字，尽数倾倒，不知克制。他终究是太过单纯，不知道苦与愁也需要掩饰，依然像个孩子，对恶没有防范，毫无保留。最终，他燃烧了自己，留下一首绝命之作。在燃烧自己的那团火中，李煜得到了永生，也用那团火照亮了整个词坛。

至于是非功过，早已无须评说，李煜的人生已经成为传奇，伴随他的诗词，传唱成永恒。

图书在版编目（CIP）数据

李煜词传 / 白凝著. —成都：天地出版社，2023.3
（诗词里的中国）
ISBN 978-7-5455-6872-1

Ⅰ.①李… Ⅱ.①白… Ⅲ.①李煜（937-978）—传记 Ⅳ.①K827=432

中国版本图书馆CIP数据核字（2021）第266917号

LI YU CI ZHUAN
李煜词传

出 品 人	杨　政
作　　者	白　凝
责任编辑	王筠竹
责任校对	卢　霞
封面设计	金牍文化·车球
内文排版	麦莫瑞文化
责任印制	王学锋

出版发行	天地出版社
	（成都市锦江区三色路238号　邮政编码：610023）
	（北京市方庄芳群园3区3号　邮政编码：100078）
网　　址	http://www.tiandiph.com
电子邮箱	tianditg@163.com
经　　销	新华文轩出版传媒股份有限公司

印　　刷	玖龙（天津）印刷有限公司
版　　次	2023年3月第1版
印　　次	2023年3月第1次印刷
开　　本	880mm×1230mm　1/32
印　　张	8.25
字　　数	163千字
定　　价	39.80元
书　　号	ISBN 978-7-5455-6872-1

版权所有◆违者必究

咨询电话：（028）86361282（总编室）
购书热线：（010）67693207（营销中心）

如有印装错误，请与本社联系调换。